[英] 罗尔德·达尔 ＿＿＿＿＿ 著

程应铸 ＿＿＿＿＿ 译

上校的大衣

ROALD DAHL
TRICKERY

浙江文艺出版社
Zhejiang Literature & Art Publishing House

果麦文化 出品

目　录

心愿

　　在孩子的一只手心底下，他发觉有个痂，那是膝盖上的一个老伤口，他俯下身去看个究竟。一个痂通常会弄得人心痒痒，想要不去碰它，可总是难上加难。"对，"他想，"我要把它掀开，哪怕还没到时候，哪怕它中间还粘连着，甚至无比疼痛。"

　　他开始用一个指甲小心翼翼地在痂的边缘探索，接着把指甲嵌入痂的底下，然后向上挑，但用力非常轻巧。它一下子脱落下来，一整块棕色的硬痂完美无缺地脱落了，只留下了一小圈光滑红嫩的皮肤，有趣极了。

　　很好，真是好极了。他摩擦着皮肤上的这个圆圈，没有痛感。他捡起那块痂，把它放在大腿上，用一只手指把它弹飞了出去，然后它落到地毯的边上。这块红、黑、黄三色相间的巨大地毯铺满了整条走廊，从他坐着的楼梯脚一直延展到远处的大门那里。这是条惊人的大地毯，比网球场的草坪还大，要大得多呢！他煞有介事地看着它，目光中带着些许满足。以前他从来没有真正注意过它，但出乎意料的是，现在那颜色竟然莫名其妙地变得鲜亮起来，以一种最炫目的方式在他面前展现开来。

你瞧，他对自己说，我知道它是怎么回事了。这个地毯红色的部分代表着炽热的煤块，我必须做到一直走到前门，但不触碰到它们，如果碰到那红色，我就会被烧着，事实上我会被彻底烧掉；而地毯的黑色部分……是的，那黑色的部分是蛇，是一些毒蛇，大多数是蝰蛇，还有眼镜蛇，它们身体的中段像树干那样粗，如果我碰到它们中的任何一条，就会被咬，而且将在喝下午茶之前死去。如果我能安全走过去，既没被烧着，也没被咬到，那么明天我过生日的时候会得到一只小狗。

他站起来，爬到更高的楼梯台阶上，以便更好地观察这块交织着色彩和死亡的花地毯。这能做到吗？黄色够吗？黄色是唯一允许他踩着走下去的颜色，能够走得通吗？这不是一条轻轻松松就可以走完的路径，存在着太大的风险。这个孩子—— 有着一缕白金色的刘海、两只蓝色的大眼睛、一个又尖又小的下巴—— 正焦虑地从栏杆上向下看，有些地方的黄色有点细窄，也有一两段比较宽的间隔，但它似乎是一直延伸到另一端的。有些人—— 他们昨天还得意扬扬地从马厩穿过整条砖砌的小路，没有碰到砖缝而抵达了花园凉亭呢—— 那么要穿越这块地毯应该不是太难吧，除非遇到蛇。只要一想到蛇，他就会产生一种微妙的恐惧感，好像钉子钉住了他的腿肚和脚后跟。

他慢慢走下楼梯，踏上了地毯边沿。他伸出一只穿着凉鞋的小脚，非常小心地落到一块黄颜色上。然后他提起另一只脚，那里刚好有足够的空间让他两脚并拢地站着。瞧！他开始了！他那明亮的鹅蛋脸异常专注，也许比以前更苍白了一点，他手臂伸向两侧，以保持身体的平衡。他跨出了另一步，高高地抬起一只脚悬在一块黑色上面，用脚趾小心地对准旁边狭窄的黄色通道。当他走完了第二步，他停下来休息，十分僵硬地站着，一动不动。那条狭窄的黄色通道没有中断地至少向前延伸了五码[1]，他战战兢兢地沿着它向前走着，一点一点走，如同走钢丝一般。终于它向一边拐去，他不得不再跨出一大步，这一次是落在一块看上去很凶险的黑、红混合色上面。跨到一半，他开始摇晃起来。他拼命挥动着手臂，像风车一般，以求得平衡——他安全跨过去了，于是停在另一边歇歇脚。此刻他气喘吁吁，一直紧张地踮起脚尖站着，双臂伸向两侧，紧握着拳头。他在一个黄色的安全岛上，有很大的空间，他不可能跌倒，他站在那里休息，他在犹豫、等待着，希望自己能够永远待在这个黄色的大安全岛上。但是由于害怕得不到小狗，他只好继续走下去。

一步接着一步，他缓缓向前移动，每跨出一步后他会停下来，决定下一步应该把脚不偏不倚地落在哪里。某次，他面临着或左或右的选择，他选择了走左边，因为虽然看起来走这边更困难，但是在这个方向没有太多的黑色，黑色使他紧张不安。他迅速回头瞥了一眼，想看看自己走了多远。几乎快走到一半了，现在不可能再返回。他已走到中途，绝无退路可走了，他也不可能从侧面跳出去，因为距离太远。他看着面前所有的红色和黑色，这时，他突然感觉那股令他熟悉的、恶心的恐慌涌上了胸口——正如去年复活节期间，他独自在派珀森林最幽深的地方迷路的那个下午。

他跨出另一步，把一只脚小心地放在一块他够得着的小块黄色上面，这一回，他的脚尖离一些黑色还不到一厘米。没有碰到黑色！他能看清楚他没有碰到，他能看见那根黄色细线把他的凉鞋尖和黑色分开。但是那条蛇动了起来，仿佛感觉到了他的接近，抬起

---

1 英美制长度单位，1 码 =0.9144 米。

头来，用明亮如珠的眼睛盯着他那只脚，警觉地注意着它是否会碰到自己。

"我没有碰你！你不许咬我！你知道我没有碰你！"

另一条蛇悄无声息地游到第一条旁边，抬起了头，现在是两个头、两双眼睛看着他的脚，死死地盯着他凉鞋带下面的一小块裸露的皮肤。那孩子踮着脚僵在那里，被吓呆了。就这样一直僵持了好几分钟，他才敢重新迈步。

下一步会是一个非常长的大跨步，因为这儿有一条很深的黑色河流，蜿蜒地横穿过整个地毯的宽度，男孩所处的位置迫使他得从最宽的地方跨过去。他首先想到的是跳过去，但他断定，他不能保证自己能准确着陆在另一边狭窄的黄色地带上。他深深地吸了一口气，抬起一只脚，一寸一寸地朝前面推进，越推越远，然后落下，慢慢落下，直到他的鞋尖最终跨过去了，安全停在黄色的边上。他身体前倾，把重心移到前面那条腿上。然后他又试着把后腿抬起来。他竭尽全力，拉扯着身体，可是两腿之间的距离太大了，他跨不过去。他试着再退回，但也做不到。他劈成了一字马，完全陷入了进退两难的境地。他朝下面瞥了一眼，看着身下那条蜿蜒奔腾的、深深的黑色河流。它的一部分此刻在微微搅动着，伸展开来，滑动着，开始泛起可怕的油光。他摇摇晃晃，疯狂地挥动着双臂来保持平衡，但是这似乎更糟。他开始跨越，他要跨到右边去，他缓慢地跨步，然后动作越来越快，在最后一刻，他本能地伸出一只手来防止摔倒，但接下来他看到，自己这只裸露的手正在伸进一大团闪亮的黑色中去，就在碰触到它的时候，他发出一声刺耳的恐怖叫声。

外面阳光灿烂，在屋子后面很远的地方，他的母亲正在寻找着儿子。

谨防恶犬

　　下面只有一片浩瀚的、波浪起伏的白色云海，上面是太阳，太阳和云彩一样白，因为当你在高空看它时，它从来就不是黄色的。

　　他仍在驾驶那架喷火式战斗机。他右手捏着操纵杆，只用左脚来控制舵杆，这很容易。飞机还在正常飞行，他知道自己在做什么。

　　他想：每一件事情都不赖，我做得很好，做得非常出色，我知道怎么回家，不出半小时我就到了。着陆时我将滑行，然后熄火，我该说："请你们帮我下飞机好吗？"我该让声音听起来平常、自然，让谁也不会多加注意。然后，我要说："谁来帮我出去，因为我失去了一条腿，我自己出不来。"他们都会笑，以为我在开玩笑，我就说："好吧，那就过来看一看，你们这些不相信人的混蛋！"然后，约基会爬上机翼朝里面张望。他可能会恶心得要呕吐，因为里面全是血迹，脏乱不堪。我要笑着说："看在上帝的分上，帮我出来吧。"

　　他又朝自己的右腿看了一眼，它剩下的地方不多了。炮弹打在他的大腿上，就在膝盖上方，现在那里什么也没有了，只有一大团血肉模糊的东西。不过他倒不感到痛，当他朝下看的时候，他觉得他看到的不是自己身上的东西，与他丝毫无关。那只是碰巧出现在驾驶舱里的一摊污物，是一些陌生的、不对劲的，而又相当有趣的东西，就好比在沙发上发现了一只死猫。

他确实感觉良好，正因为他感觉依然很好，所以他感到振奋，无所畏惧。

他想：我甚至懒得用无线电打电话叫救护车，那没必要。当我着陆的时候，我会坐着若无其事地说："你们这些家伙来帮我出去，行吗，因为我丢了一条腿。"那很有趣，我这样说的时候会带着点笑容，语调平静而缓慢，他们会以为我在开玩笑。当约基攀上机翼顿觉反胃之际，我会说："约基，你这个老杂种，修好我的车了吗？"然后，在出来之后我会报告情况。接下来我会去伦敦，我会带上那半瓶威士忌去给布鲁伊。我们会坐在她房间里喝酒。我会从洗手间的水龙头上取水。在上床睡觉之前，我不会说太多的话，随后我会说："布鲁伊，我有件惊人的事情要告诉你，我今天失去了一条腿，但是如果你不介意的话，我也不介意，它甚至都不痛。"我们将坐车去兜风，我一直讨厌走路，除了在巴格达的时候沿着铜匠街漫步，不过我可以坐人力车代步。我可以回家砍柴，但是斧子头总是飞出来。热水，它需要的是热水，把它放进澡盆里，让手柄浸涨。上一次回家我砍了很多柴，我把斧头放进澡盆里……

然后他看见太阳照在他飞机的引擎罩壳上，他看见太阳照在铆接金属的铆钉上，他想起了飞机，想起了他这是在哪里，他意识到自己的感觉不再那么好了，他感到恶心和头晕。他的脑袋总是向胸前垂着，因为他的脖子似乎再也没有力量支撑它。但是他知道他在驾驶喷火式战斗机，他能感觉到在他右手手指间的操纵手柄。

"我快要昏倒了，"他想，"现在我随时都会失去知觉。"

他看着他的测高仪：两万一千。为了测试自己，他努力读到百位数和千位数，两万一千，还有什么？当他感觉刻度盘变得模糊不清，他连指针都看不清的时候，他明白此时他必须跳伞了，一刻也不能耽搁，否则失去知觉就完了。他迅速而疯狂地想用左手把罩盖往后拉，但他没这个力气。过了一会儿，他右手放开了操纵杆，用双手之力将罩盖推开，一股冷空气吹到他的脸上，这似乎大有帮助，一瞬间他的脑子无比清晰起来，动作变得有条不紊，精准到位，这是一个优秀飞行员所具有的素质。他迅速地从氧气面罩里深深地吸了一口气，当他吸气的时候，他向驾驶舱外面望去。下面只是一片无际的白色云海，他意识到他并不知道自己身在何处。

"该是英吉利海峡，"他想，"我一定会落在海里。"

他关小油门，脱下头盔，松开带子，用力把操纵杆推到左边。喷火式战斗机的左机翼向下倾斜，机身平稳地翻转过来。飞行员从中掉落出来。

下坠的时候，他睁开眼睛，因为他知道，在他拉动绳索将降落伞张开之前，他绝不能昏过去。他看到，他的一边是太阳，而另一边是洁白的云彩。在下坠的过程中，当他在空中翻着筋斗的时候，白云在追逐太阳，太阳也在追逐白云，它们兜着一个小圈子相互追逐着。它们跑得越来越快，太阳、云彩、云彩、太阳，然后又是云彩，它们交替着接近他，直到突然之间他不再看到太阳，只剩一大片白色，整个世界都是白色的，里面什么也没有。那儿是这样的洁白无瑕，有时候看上去是黑色的，再过一会儿，它又变得或白，或黑，但大多数时候是白色的。他看着它从白色变成黑色，然后又从黑色变成白色，白色会长时间停留，而黑色仅仅持续几秒钟。他习惯在周围展现白色的时候进入睡眠，变黑的时候则及时醒来看周围的世界。黑色变化得很快，有时只是一道闪光，一道黑色的闪电。

白色则变化缓慢，而在它的缓慢变化中，他总会昏睡过去。

一天，当周围是白色的时候，他伸出一只手，摸到了什么东西。他用手指抓住并把它捏成一团。有一段时间，他躺在那里，无所事事地让指尖摆弄着它们碰到的东西，然后他慢慢地睁开眼睛，朝下看着他的手，看着他捏着的白色东西。这是床单的边角，他知道这是一块床单，因为他能看出材料的纹理和它边缘的针脚。他闭上眼睛，又迅速地睁开它们。这时候他看见了房间，他看见他躺着的这张床，他看见灰色的墙壁、门，以及窗子上的绿色窗帘，床边的桌子上还有一些玫瑰花。

然后他看见桌上玫瑰花旁边放着盆子，那是一只白色的搪瓷盆，它的旁边有一只小药杯。

他想：这是一家医院，我是在一家医院里。但是他什么事情也记不起来了。他头落在枕头上仰卧着，他看着天花板，想知道发生了什么。他凝视着光滑的灰色天花板，它是如此清洁，灰色一片，然后他突然看见一只苍蝇在上面游走。眼前的这只苍蝇，这个在一片灰色海洋里突然显现的小黑点，就像轻轻掠过了他的大脑表层，飞快地，就在那一瞬间，他想起了每一件事，想起了喷火式战斗机，想起了测高仪显示两万一千英尺[1]，他还想起自己用双手推开飞机罩盖，想起了他跳伞降落，想起他的腿……

现在似乎一切都好了。他朝下看着床的那头，但他分辨不出是什么情况。他把一只手放到被子下面，摸索着他的膝盖。他摸到一只，但当他去摸索另一只的时候，他的手碰到了什么软软的东西，上面还裹着绷带。

---

1 英美制长度单位，1 英尺 =12 英寸 =30.48 厘米。

正在这时，门被打开了，一位护士走进来。

"喂，"她说，"好了，你终于醒了。"

她长得并不好看，但个子高大、清清爽爽的，三四十岁模样，有一头金发，其他的他就没注意更多了。

"我这是在哪里？"

"你是个幸运儿。你降落在海滩附近的树林里，你现在在布莱顿[1]。两天前他们把你送到这里，现在你已经治疗完毕，看上去没事了。"

"我丢了一条腿。"他说。

"那不成问题，我们会再给你一条。现在你必须睡觉，医生大约会在一个小时之后来看你。"她拿起搪瓷盆和药杯走了出去。

但是他没有睡。他想一直睁着眼睛，因为他害怕如果再把眼睛闭上，这一切都会消失。他躺着注视天花板。那只苍蝇还在那里，它精力很充沛，它会非常快地向前跑几英寸[2]，然后停下来；再往前跑，然后停下，再往前跑。每隔一段时间，它就会飞起来，不怀好意地、嗡嗡地绕着小圈子打转。它总是飞回天花板上的同一个地方，然后重新开始跑跑停停。他看了它很久很久，过了一会儿，它似乎不再是一只苍蝇，而只是灰色海洋里的一个小黑点。当护士推开门、医生进来站在他旁边时，他还在观察那只苍蝇。来者是一名军医，少校军衔，胸前挂着些第一次世界大战的勋章，他秃着脑袋，个子矮小，但神采奕奕，目光和善。

"好啦，好啦，"他说，"这么说你终于决定醒过来了。感觉怎样？"

---

1 英国南部城市。
2 英美制长度单位，1 英寸 =2.54 厘米。

"我感觉很好。"

"这就对了，你很快就能起来走动了。"

医生拿起他的手腕测脉搏。

"顺便说一下，"他说，"你们飞行中队的一些小伙子打电话来探问你的情况，他们想过来看你，但我说最好再等一两天。我会告诉他们你很好，稍后他们就可以来看你了。你只需安静地躺着，放松一点。你有什么想读的吗？"他瞥了一眼放着玫瑰花的桌子，"没有，好吧，护士会照料好你的，想要什么她会给你拿来。"说着他挥了挥手走出去，那个清爽的大个子护士跟在后面。

他们走了之后，他躺回去，又重新注视着天花板。那只苍蝇还在那里，当他躺着注视它时，他听到远处一架飞机的噪声。他躺在那里听它的引擎声，那声音很远很远。他想：我不知道它是什么飞机，看我能否找出它的方位。突然他猛地把头扭到一边，凡是遭遇过轰炸的人都能分辨出一架容克斯 Ju-88 轰炸机的噪声。就凭这点，他们能听出大多数德国轰炸机的声音，特别是容克斯 Ju-88。那飞机的引擎似乎在唱二重唱，有一个深沉、颤动着的低音部，还有一个高亢的男高音。正是这种男高音的歌唱，使得 Ju-88 型轰炸机的声音不会被人听错。

他躺着听那噪声，觉得他很有把握确定那是什么飞机。但是警报器在哪里？枪炮在哪里？那个德国飞行员竟敢大白天单独飞到布莱顿附近。

那架飞机始终在很远的地方，很快那声音就消失在远方了。后来又有一架，也是离得很远，但同样有深沉而起伏的低音和节奏分明的男高音。错不了，在战斗期间，他每天都能听到这种声音。

他感到困惑，靠床的桌上有一个铃，他伸手按铃，听到走廊里传来护士的脚步声。护士进来了。

"护士，那些都是什么飞机？"

"我确实不知道啊，我没听到。也许是战斗机或轰炸机。我想它们是从法国返回的。怎么啦，为什么问这个？"

"它们是 Ju-88 型轰炸机。我肯定它们是 Ju-88 型。我知道这引擎的声音。有两架，它们来这里做什么？"

护士走到他的床边，开始整理床单，把边角塞进床垫下面。

"天啊，你在想些什么，千万不要担心这种事。要不要我给你拿些什么来读读？"

"不，谢谢。"

她轻轻拍着他的枕头，用手把他前额上的头发朝后梳理。

"它们不会再在白天过来，这你知道。那些可能是兰卡斯特轰炸机和空中堡垒轰炸机 [1]。"

"护士。"

"唉。"

"我能抽一支烟吗？"

"哎呀，当然可以。"

她走出去，几乎立刻就带了一包球员牌香烟和一些火柴回来。她给了他一支烟，当他把烟放到嘴里，她划了一根火柴点着它。

"如果你还有事叫我，"她说，"按铃就好了。"然后便走出去了。

有一次在接近傍晚的时候，他听到另一种飞机的声音，在很远的地方，但即使如此，他也知道那是单引擎飞机。它飞得很快，他听得出来，不过他无法断定它在什么地方。那不是喷火式战斗机，

---

1 两者是二战期间英国和美国的重要轰炸机。

也不是飓风式战斗机，听上去也不像是美国的飞机。它们产生的噪声更大，他不知道那是什么，这让他非常担心。"也许我病得很重，"他想，"也许我在胡思乱想，也许我有点神志不清，我简直不知道该想些什么。"

那天晚上护士带着一盆热水进来，开始为他擦洗。

"哎，"她说，"我希望你不要以为我们正在遭受轰炸。"

她脱掉他的睡衣，用一块法兰绒往他的右臂上擦肥皂。他没有回答。

她在水里将法兰绒漂干净，在上面又涂了些肥皂，开始洗他的胸部。

"今天晚上你看上去很不错，"她说，"你一进来他们就为你做了手术。他们的医术很出色，你会没事的。我有一个弟弟在英国皇家空军，"她又说，"驾驶轰炸机。"

他说："我在布莱顿上过学。"

她迅速抬头看了看他。"哦，那好啊，"她说，"我想你会认识城里的一些人。"

"是的，"他说，"我认识不少人。"

她洗完了他的胸部和双臂，现在她把被子翻上去，露出了他的左腿。她这样做，以便让他裹着绷带的残肢依然在被子下面。她松开他睡裤的裤带，把它脱下。这没有什么困难，因为他们已经剪掉了他的右裤腿，这样它就不会阻碍绷带。她开始洗他的左腿和身体的其余部分。这是他第一次洗床浴，因此颇为窘迫。她在他腿下铺好一块毛巾，然后开始用法兰绒洗他的腿。她说："这劣质肥皂一点也不起泡沫。都是这水，硬得像是钉子。"

他说："现在没有好肥皂，当然，用硬水就更糟糕了。"说到肥皂，让他想起了一件事，他想起他在布莱顿上学时经常洗澡，铺着石头地面的长浴室里一排有四个浴盆。他想起那里的水质那么软，为了把身上的肥皂洗干净，还得再冲一个淋浴，他还记得肥皂泡沫浮满水面的样子，以至于让他看不清自己在水下的腿。他还记得学校有时候给他们吃钙片，因为校医经常说软水对牙齿有害。

"在布莱顿，"他说，"那水不是……"

他没有说完这句话。他突然想起一件事情，一件如此奇异而荒谬的事情，有那么一刻，他真想把它告诉护士，然后想要放声大笑。

她抬头看。"水不是什么？"她说。

"没什么，"他回答，"我是在做梦。"

她在盆里漂干净法兰绒，擦去他腿上的肥皂，再用毛巾把他擦干。

"洗干净了真好，"他说，"我觉得舒服多了。"他用手摸摸脸。"我想修个脸。"

"修脸放到明天吧，"她说，"也许那时你能自己动手了。"

那天晚上他无法入睡。他睁眼躺着，总想着容克斯 Ju-88，想着水的硬度，没法去想别的。"它们是 Ju-88 型轰炸机，"他对自己说，"我知道它们就是。然而这又不可能，因为它们不会在光天化日下来这里做这样的低空飞行。我知道这是真的，然而我又知道这是不可能的。也许我病了，也许我就像一个傻子，不知道自己在做什么或说什么。也许我神志不清了！"他长时间躺着想着这些事情，他一度从床上坐起来大声说："我会证明我没有疯。我要就某个复杂而理性的话题说上几句，我要谈战后如何处置德国。"但他还没来得及开始，就睡着了。

曙光刚从窗帘的缝隙中钻入，他就醒了。房间里还是黑暗的，但他能够看出外面已经开始亮了。他躺着，看着从窗帘缝里透进来的灰色光线，他这样躺着的时候，想起了前一天的情景。他想起了容克斯 Ju-88 轰炸机和水的硬度，想起了那位和蔼可亲的大个子护士和那位善意的医生，而此刻他心中生出了一丝疑虑，并开始增长。

他环顾房间，那个护士前一天晚上把玫瑰花拿出去了。桌子上除了一包香烟、一盒火柴和一个烟灰缸，没有其他东西。房间空荡荡的，不再温暖，不再友好，甚至是让人不舒服的。它冰冷、空洞、毫无声息！

那些疑虑在慢慢地增长，随之而来的是担忧，这是一种轻微的、隐隐约约的担忧，让人有所警觉，但并不能把人吓倒。有这种担忧不是出于害怕，而是因为觉得有些事情不太对劲。这些疑虑和担忧在飞快地增长，以至于使他变得不安和愤怒，当他用手摸自己前额的时候，他发现已是汗水淋漓。这时他知道自己必须做点什么，他得设法证明自己究竟是对是错，他举目望去，又看到了窗子和绿色的窗帘。从他躺着的地方看去，那扇窗子就在他的正前方，但足足有十码远。不管用什么办法，他必须到达那里去看看外面，这种想法支配着他，很快，他脑子里除了窗什么也没法想了。但是他的腿呢？他把手放到被子底下，摸到了粗粗的、裹着绷带的残肢，它是他右手侧仅有的东西，它看起来似乎还好，没什么痛感，就是并不舒服。

他坐起来，把被子推到旁边，让左腿落到地板上，他慢慢地、小心翼翼地挪动着身体，直到两只手也撑到了地上，于是他下了床，跪在了地毯上。他看着自己的残肢，它又短又粗，裹着绷带。它开始疼痛了，他能感觉到它的抽搐。他很想就这样歇着，躺在地毯上什么也不做，但他很清楚，他必须继续。

他用双臂和一条腿向窗子爬去。他将双臂尽可能地向前伸，然后他轻轻一跳，左腿跟着一起向前滑动。每次这样做时，都会震痛他的伤口，使他发出一声痛苦的低吟。但是他继续用双手和一只膝盖在地板上爬行。当他到达窗子的时候，他的手向上伸去，一只，然后另一只，抓着窗台，再慢慢地让身体直起来，直到用左腿站住。然后他迅速拉开窗帘，向外看去。

他看见一座灰瓦屋顶的小房子，孤零零地坐落在一条狭窄的小巷旁边，紧连在屋后的是一片犁过的田地。屋子前面是一个凌乱的花园，由绿色的树篱把花园和小巷隔开。当他看那些树篱的时候，一块标牌进入他的视野。那只是一块钉在一根短木柱顶端的木板，因为树篱久未修剪，枝叶围绕着标牌，所以它看上去几乎像是被放在树篱中间。标牌上用白漆写了一些字。他把头贴在窗玻璃上，试图看出上面写了些什么。他能看出第一个字母是 G，第二个是 A，第三个是 R。他一个接一个地努力看清楚是些什么字母。有三个单词，他一边用心地辨认，一边慢慢地、自言自语地大声把它们拼读出来：G-A-R-D-E A-U C-H-I-E-N，Garde au chien，这是法语，上面写的是："谨防恶犬"。

他用一条腿站在那里保持着平衡，两只手紧紧地抓住窗框的边缘，注视着那块标牌、那些褪色的字母。一时间，他什么都想不起来了。他站在那里看着标牌，一遍又一遍地对自己重复读上面的话。慢慢地，他开始意识到事情的全部含意。他抬起头看着那座小屋，看着那片犁过的农田，看着小屋左边的一个小果园，看着远处绿色的乡村。"所以这是法国[1]，"他说，"我是在法国。"

---

1 二战期间，法国被德国占领。

现在他的右大腿疼得厉害，感觉就像有人在用锤子猛击他的残肢末端，突然间疼痛变得如此强烈，甚至影响到他的脑子。有那么一刻，他觉得他就要倒下了。他赶快再跪下来，向床爬回去，再爬上床，拉过被子盖着身子，把头枕到枕头上，浑身疲软无力。他仍然什么事也没法想，除了树篱旁边的那块小标牌、那被犁过的农田和果园。他忘不了那块牌子上的字。

过了好一会儿护士才进来，带着一盆热水，她说："早上好，今天你感觉怎么样？"

他说："早上好，护士。"

绷带下面仍然非常痛，但他不愿告诉这个女人任何事情。当她忙着准备洗刷用品时，他看着她。现在他更加仔细地打量她，她的头发很漂亮，人很高，骨架很大，脸上的神情似乎是愉快的，但她的眼里有一点点不安。那双眼睛从来没有安静过，它们看东西从来都是飞快地一瞥，总是飞快地从房间的一处转到另一处。她的动作也有一些异样，太机警、太神经质了，和她说话时的那种漫不经心极不相称。

她放下水盆，脱下他的睡衣，开始为他擦洗。

"你睡得好吗？"

"是的。"

"很好。"她说。她在洗他的手臂和胸部。

"我相信在早餐后空军部队会有人来看你，"她继续说，"他们要一个报告或什么的。我想你知道这所有一切。比如你是怎样被打下来的，以及种种有关详情。我不会让他们待得太久，所以不用担心。"

他没有回答。她为他擦洗完之后，给他一把牙刷和一些牙粉。

他刷牙、漱口，把水吐到水盆里。

之后，她托着托盘给他送来早餐，但他没胃口。他依旧感到虚弱和不舒服，他只希望静静地躺着，去思索究竟是怎么回事。有句话闯入他的脑海，这是他们飞行员每天出航前，空军中队情报官约翰尼对他们反复强调的一句话。这时他能看见约翰尼手拿烟斗，靠在分散的临时营房的墙上，说道："如果他们抓住你们，别忘了，你们只有姓名、军衔和编号，没有别的。看在上帝的分上，其他什么也别说。"

"给你，"她说着把托盘放到他的膝上，"我给你拿了个鸡蛋。你自己能行吗？"

"行。"

她站在床边。"你感觉还好吗？"

"还好。"

"那好，如果你还要鸡蛋，我还能再给你一个。"

"有这就够了。"

"那好，如果你再要，按铃就行了。"她说着走了出去。

当护士进来的时候，他刚好吃完。

她说："皇家空军罗伯茨中校来了，我告诉他只能逗留几分钟。"

她招了招手，皇家空军中校走了进来。

"很抱歉这样打扰你。"他说。

他是一个普通的英国皇家空军军官，穿着一件有点破旧的制服，戴着多枚空军飞行徽章和一枚优异飞行十字勋章。他高高瘦瘦的，一头黑发，牙齿参差不齐，间隙很大，即使闭上嘴巴，也有点外凸。说话间，他从口袋里掏出一张印好的表格和一支铅笔，并拖过一把椅子坐了下来。

"你感觉怎样？"

没有回答。

"你的腿真不走运。我知道你的感受。我听说他们击落你之前你干得很出色。"

床上的那个人一动不动地躺着，看着坐在椅子里的人。

坐在椅子上的人说："好了，让这件事过去吧。恐怕你得回答几个问题，这样我才能填好这份战斗报告，让我看看，首先，你是在哪个中队？"

床上的人依然没有动，他直视着皇家空军中校说："我的名字是彼得·威廉姆森，我的军衔是少校，我的编号是972457。"

野鸡还魂记

整整一天了，除了应付顾客，一有空隙我们就伏在加油站营业室的桌子上，准备着那些葡萄干。由于葡萄干被浸在水里，所以它们圆润、柔软、胀鼓鼓的。用剃须刀片轻轻一划，表皮就会爆开，里面果冻般的果肉轻轻一挤就出来了。

但我们总共有一百九十六颗要弄，不等我们做完，天就要黑了。

"它们看起来棒极了！"克劳德一边大声嚷道，一边使劲搓着双手，"戈登，现在什么时候了？"

"刚过五点。"

透过窗子我们看见一辆旅行车向油泵停靠过来，驾驶它的是一名妇女，后座大约坐着八个孩子，正在吃冰淇淋。

"我们该赶紧动身了。"克劳德说，"如果太阳下山前我们到不了，那么整件事就会泡汤，这你明白吗？"他现在开始焦躁不安起来，脸上泛着红晕，眼球鼓起，一如以往赛狗前或晚上要和克拉丽斯约会那样兴奋。

我们两人走出去，克劳德给那位妇女加了她要的油量。她离开后，他仍然站在车道中间，抬起头，焦虑地眯起眼睛看着太阳。此刻，太阳高出山谷对面山脊上的树线仅仅只有一只手的宽度。

"好吧，"我说，"上锁。"

他飞快地从一个油泵转到另一个油泵，将每个喷嘴用一把小挂锁固定在它的底座上。

"你最好脱下这件黄色的套衫。"他说。

"为什么我要脱下？"

"你会在月光下闪闪发亮，像座该死的灯塔。"

"我不会有事的。"

"你会的，"他说，"戈登，脱下吧，求你了。三分钟后见。"他消失在加油站后面他的活动拖车里，我进屋脱下黄套衫，换上了一件蓝色的。

当我们在外面再会合时，克劳德穿着一条黑裤子和一件墨绿色的高翻领运动衫，头上戴着一顶咖啡色布帽，帽舌向下拉到贴近眼睛，就像一个从夜总会出来的演痞子的艺人。

"那底下是什么？"我看着他腰间的鼓起问道。

他拉起他的运动衫，给我展示那两只很薄但很大的白布袋，它们被整齐地紧紧绑在他的腹部。"用来运东西的。"他表情神秘地说。

"我明白了。"

"我们走吧。"他说。

"我还是觉得我们应该开那辆车去。"

"这太冒险，他们会看到它停着。"

"但是到那片树林有三英里 [1] 远。"

"是的，"他说，"我想你明白，如果被他们抓到的话，我们会

1　英美制长度单位，1 英里约等于 1.61 公里。

蹲上六个月的大牢。"

"这你从没告诉过我。"

"我没有吗？"

"我不去了，"我说，"这不值得。"

"散散步对你有好处，戈登，走吧。"

这是一个安静而晴朗的傍晚，几朵亮丽的白云一动不动地悬挂在空中，当我们俩开始一起沿着路边的草地行走时，山谷显得凉爽而宁静，这条路在两座山中间延展，一直通往牛津。

"你带了葡萄干吗？"克劳德问。

"在我口袋里。"

"很好，"他说，"妙极了。"

十分钟后我们左转离开了大路，进入一条狭窄的小道，它的两边长着高高的树篱，从这里开始，走的全是上坡路。

"那里有多少人看守？"我问。

"三个。"

克劳德把一支抽了一半的烟扔掉，过了一分钟又点燃另一支。

"我通常不赞成新方法，"他说，"用在这种事情上是行不通的。"

"当然。"

"但是天啊，戈登，我想我们这次要用的是一个了不起的方法。"

"你真这么想？"

"这毫无疑问。"

"但愿你是对的。"

"这将是偷猎史上的一个里程碑，"他说，"但我们是怎么做的，你绝不能告诉任何人，因为这方法一旦泄露出去，这个地区的所有大笨蛋都会来效仿，那么这里的野鸡将会荡然无存。"

"我不会吐露一个字。"

"你应该为自己感到骄傲，"他继续说，"数百年来，一直有人在绞尽脑汁研究这个问题，但没有一个人能想出像你这样巧妙的方法，哪怕你的四分之一都没有。之前你为什么不告诉我？"

"你从没征求过我的意见。"我说。

这是真的，事实上，直到前一天，克劳德都从未提过要和我讨论偷猎这个神圣的话题。在夏天的晚上，当工作结束之后，我经常看见他戴着帽子，悄悄地从他的拖车屋里走出来，消失在那条去树林的路上。有时候，我透过加油站的窗户看着他，不禁感到疑惑，他究竟去做什么，在这万籁俱寂的夜里，他径直跑到那些树下去玩什么狡猾的把戏。他一般很晚才回来，而且从来不带回任何战利品，绝对没有。但是在第二天下午——我想象不出他是怎么弄来的——在加油站后面的棚子里，总会挂着一只野鸡，或一只野兔，或一对松鸡，供我们享用。

这个夏季他尤其活跃，在前两个月里，他的外出频率增加到每星期有四五个夜晚。但还不只是如此，在我看来，他最近对偷猎的整个态度似乎发生了微妙而神秘的变化。现在他更有目的性了，更守口如瓶，而且比以前更热切了。我有一种感觉，这与其说是一场游戏，不如说是一场"十字军东征"，是克劳德在以一己之力对一个隐形的仇敌发动的一场私人的战争。

可那个仇敌是谁呢？

我不能肯定，但我怀疑他不是别人，正是赫赫有名的维克托·黑兹尔先生——土地和野鸡的拥有者。黑兹尔先生是当地的一个啤酒制造商，惯于露出一副财大气粗的傲慢态度。他富得难以用语言形容，他的地产沿着山谷两边延展好几英里。他是一个白手起家的人，然而毫无魅力，更是和美德绝缘。他对社会地位低下的人嗤之以鼻，可他自己也曾是他们中的一员，他拼命想要交往的是他认为体面的人。他骑马打猎，举行射击派对，身穿华丽的马甲。在每个工作日，他会开着一辆庞大的黑色劳斯莱斯经过加油站去啤酒厂。当他一闪而过的时候，我们偶尔会瞥见驾驶盘上方啤酒商那张油光闪闪的大脸，呈火腿一样的粉红色，整个儿松垮垮的，显然这红肿是因为喝了太多的啤酒。

总之，昨天下午，克劳德突然出人意料地对我说："今晚我又要去他的树林，你何不一起去呢？"

"谁，我吗？"

"这差不多是今年逮野鸡的最后时机了。"他说，"猎季将在星期六开始，这之后鸟会飞散到各地——如果还有剩下的话。"

"为什么突然邀我去？"我问道，心中充满了怀疑。

"戈登，没有什么特别的理由，没有任何原因。"

"有危险吗？"

他不置可否。

"我怀疑你在那里藏了一把枪或其他什么东西。"

"枪！"他喊起来，露出不屑的神情，"没有人用枪打野鸡，你难道不知道？在黑兹尔的树林里，哪怕你发射的是玩具枪，守林人都会盯上你。"

"那么你是怎样捉的？"

"啊。"他的眼皮垂下来遮住了眼睛，表情含蓄，讳莫如深。

一阵长时间的沉默，然后他说："如果我把实情告知你一二，你觉得你能做到守口如瓶吗？"

"当然。"

"戈登，我这辈子从没和别人说过这事。"

"我很荣幸，"我说，"你能这样绝对信任我。"

他转过脸，用灰色的眼睛注视着我。那双眼睛很大，湿湿的，像是公牛的眼睛，它们离我这样近，以至于我能看到自己的脸倒映在这一对眼珠的正中央。

"现在，我要让你知道世界上三种最好的偷猎野鸡的方法，"他说，"既然让你加入了这场有趣的经历，那么我要让你来选择，选你想要我们今晚采用哪种方法。你看怎样？"

"这里面有什么蹊跷？"

"绝对没有，戈登，我发誓。"

"好吧，继续说。"

"听好，事情是这样的。"他说，"这是第一个大秘密。"他停住，深深地吸了一口纸烟。"野鸡，"他压低了声音说，"非常喜欢葡萄干。"

"葡萄干？"

"就是普通的葡萄干。野鸡对它们爱得发狂。我爸爸在四十多年前就发现了这点，就像他发现了我现在要向你描述的这三种方法一样。"

"我想起你说过你爸爸是个醉汉。"

"也许他是吧，戈登，但他还是个伟大的偷猎者，大概是英格兰历史上最伟大的偷猎者，我爸爸像科学家一样钻研偷猎。"

"当真？"

"我是说真的，不和你开玩笑。"

"我相信你。"

"你知道吗，"他说，"我爸爸经常在后院饲养一大群上好的小公鸡，目的纯粹是做实验。"

"小公鸡？"

"正是。不管什么时候，他只要想出一种捉野鸡的新花招，就会先用小公鸡试验，看它怎样生效。他就是这样发现葡萄干的，马鬃的方法也是这样发明的。"

克劳德停下来，回头看了一眼，好像是确定一下没有人在偷听。"是这样做的，"他说，"首先拿一些新鲜葡萄干，放在水里浸泡过夜，使它们变得好看，饱满而多汁。然后拿少许坚挺的优质马鬃，剪成一段一段，每段半英寸长，然后将一段马鬃从一个葡萄干中间穿过，这样两边就会有八分之一英寸的马鬃露出来。你听得懂吗？"

"是的。"

"现在——那只老野鸡走过来了，吃了一颗这样的葡萄干，对吗？而你躲在一棵树后看着，那么会发生什么呢？"

"我猜它会卡在野鸡的喉咙里。"

"戈登，这是必然的，但我爸爸还发现了更令人吃惊的事情。这一刻你会看见，那只野鸡再也没法移动它的脚！它完完全全地扎根在那个地方，当它站着的时候，那该死的脖子就像活塞一样上下摆动着。你需要做的就是一声不响地从藏身处走出来，用手把它拾起来。"

"我可不相信这些。"

"我发誓。"他说，"一旦一只野鸡吃下了马鬃，你可以用来复枪对着它的耳朵开枪，它甚至都不会跳一下。这仅仅是那些无法解释的小事之一，只有等天才去揭开它的秘密了。"

他停住，当他回忆起他父亲——那个伟大的发明家时，他沉默了好一会儿，眼睛里闪现出一抹自豪的目光。

"所以，这是第一种方法。"他说，"第二种方法甚至还更简单，你只需一根钓鱼线，然后把葡萄干作为诱饵串在钩上，就能像钓鱼那样钓野鸡了。你把线放出去大约五十码，然后俯卧在灌木丛里，等到野鸡咬了钩，把它拖过来就行了。"

"我想这不是你父亲发明的。"

"这深受钓鱼者的欢迎。"他说着，只当没听见我的话，"热衷钓鱼的人们不能如愿常去海边，这能让他们大大地过把瘾。唯一的麻烦是相当喧闹，当你拉野鸡时，它会发出又尖又响的叫声，然后，树林里所有的看守人都会跑过来。"

"那么第三种方法是什么呢？"我问。

"啊，"他说，"第三种方法真是妙不可言，那是我爸爸生前最后的发明。"

"他最后的杰作？"

"一点不错，戈登。我甚至能记得事情发生的那天，那是一个星期天的早晨，我爸爸突然走进厨房，双手抓着一只肥大的白公鸡，他说：'我想我是成功了！'他脸上露出微笑，眼中含着自豪，闪闪有光，他变得很温柔、平和，把鸡放在厨房桌子的当中，说道：'老天，我想这次我有了一个绝妙的主意！''绝妙的什么？'妈妈说着从水槽边抬头看他，'霍勒斯，把这只脏鸟从我桌上拿走。'那只公鸡的头上戴着一顶滑稽的小纸帽，就像一个倒过来的蛋卷冰淇淋，我爸爸得意扬扬地指着它。'摸摸它，'他说，'它一动都不会动。'那只公鸡开始用一只脚爪乱抓它的帽子，但帽子好像是用胶水粘住的，没有掉下来。'世界上没有一只鸟在你遮住它的眼睛时会逃跑。'我爸爸说。他开始用手指捅着公鸡，把它在桌子上推来推去，但是它没有发出一丝轻微的声音。'你把它拿去吧，'他对妈妈说，'你可以把它宰了，端上餐桌，庆祝一下我的新发明。'然后他拉着我的胳膊快步出门，我们穿过田野，进入那片大森林，就在哈德纳姆的另一边，以前一直是白金汉公爵拥有的地方。在不到两小时里，我们轻而易举地逮到了五只可爱的肥野鸡，卖给了一家店铺。"

克劳德停下来吸了一口气，当他睁大眼睛，回忆着他幼年的奇妙世界时，他的眼眶湿润了，溢满了梦幻。

"我一点也没弄明白。"我说，"他在树林里是怎样把纸帽扣到野鸡头上的？"

"你永远也猜不到。"

"我肯定猜不出。"

"那么，我来告诉你。首先在地上挖一个洞，然后用一张纸旋成一个圆锥形，把它开口向上嵌入洞中，像是一只杯子。然后在纸杯里面涂满粘鸟胶，再丢入一些葡萄干，与此同时，再在地面上撒上一长串葡萄干把野鸡引过来。现在，老野鸡一路啄着葡萄干走过来，当它走到洞口的时候，就把头伸进去狼吞虎咽地吃葡萄干，接着它发现它的眼睛被一顶纸帽罩住，它什么也看不见了。这难道不让人觉得很奇妙吗？戈登，你不赞同吗？"

"你爸爸真是个天才。"我说。

"好了，做出你的选择，从这三个方法中挑一个你喜欢的，我们今晚就用它。"

"你不觉得它们都是些粗制滥造的小把戏吗？"

"粗制滥造！"他一脸惊骇地喊叫起来，"哦，我的天！是谁在过去六个月里天天在屋里享用烤野鸡而不用付一分钱？"

他转身离开，朝工场间的门走去。我能看出他被我的话深深地刺痛了。

"等一下，"我说，"你别走。"

"你是要挑一个还是不挑？"

"我挑，但让我先问你一件事情，我刚刚冒出一个主意。"

"别说了，你在谈论一个你根本不懂的话题。"

"你记得上个月我的背受伤时，医生给我的那瓶安眠药吗？"

"那又能怎样？"

"有什么理由不能把它们用在野鸡身上呢？"

克劳德闭上眼睛，怜悯地来回摇晃着他的脑袋。

"等等。"我说。

"这个方法都不值得去讨论，"他说，"世界上没有一只野鸡会吞下这些讨厌的红色胶囊。你连这都不清楚吗？"

"你忘了葡萄干，"我说，"现在听好了，我们拿一颗葡萄干，把它浸泡得鼓起来，然后用剃刀在它的一面割开一个小缝，我们再把它掏空一点，然后打开我的一颗红色胶囊，把所有的药粉倒进葡萄干里，然后我们用针和棉线非常小心地把缝隙缝合起来。现在……"

我从眼角瞥见克劳德的嘴巴慢慢地张开了。

"现在，"我说，"让我来告诉你一些常识，我们有一颗看起来很干净，里面有两粒半西可巴比妥[1]的葡萄干，这足以使一个中等身材的人昏迷不醒，更不用说鸟类了！"

我停顿了十来秒，好让他动心，全盘接受我的想法。

"更重要的是，用这种方法我们可以大规模运作。如果我们喜欢的话，可以准备二十颗葡萄干，只需在太阳下山时把它们撒在动

---

1 一种镇静催眠药，有麻醉、抗惊厥、抗焦镇静和催眠的功效。

物觅食的地方，然后走开。半个小时后我们再返回，药物开始起作用了，那时野鸡已上树栖息，它们会开始感到头晕眼花，并摇摇晃晃地试图保持自己的平衡，很快，凡是吃过葡萄干的野鸡都会失去知觉翻身跌落到地上。我亲爱的伙计，它们就像苹果一样从树上跌落下来，我们只用把它们一一从地上捡起来就行了。"

克劳德注视着我，听得简直入迷了。

"哦，老天。"他轻声地说。

"他们也永远不会逮住我们，我们只是在树林里漫步，在经过的各处撒下一些葡萄干，即使他们看到我们，也不会产生任何怀疑。"

"戈登，"他说着把一只手放在我的膝盖上，睁大两只像星星一样明亮的眼睛直视着我，"如果这有效果，那将是一场偷猎革命。"

"我很高兴听你这样说。"

"你还有多少药？"他问。

"四十九粒。一瓶有五十粒，我只吃了一粒。"

"四十九粒太少，我们至少得有两百粒。"

"你疯啦！"我喊道。

他慢慢走开，背对着我站在门边，仰视着天空。

"两百粒绝对是最小的数目，"他平静地说道，"除非我们有两百粒，否则做这件事真的没多大意义。"

现在怎么办，我想，他究竟要干什么？

"这是我们在狩猎期开始前的最后机会。"他说。

"我不可能有更多的药。"

"你不想让我们空手而归，是吗？"

"但是为什么要这么多？"

克劳德转过脸，用那双坦率的大眼睛看着我。"为什么不呢？"他温和地说，"你有什么反对的理由？"

天呐，我突然想，这个疯狂的家伙是想试图破坏维克托·黑兹尔先生的"狩猎开放日聚会"。

"你去为我们搞到两百粒这样的药片，"他说，"然后才值得一做。"

"我办不到。"

"你可以试试，不是吗？"

黑兹尔先生的聚会定在每年的十月一日举行，是一场著名的盛事。穿着花呢西装、身体虚弱的绅士带着他们的持枪人、猎狗和妻子从几英里之外的地方驱车而来，他们有些人有头衔，有些人仅仅是有钱，枪声整天在山谷里回荡不绝。总是有足够的野鸡在到处走动，因为每年夏季，黑兹尔先生都会付出惊人的价钱，在森林里系统地补充许多只雏鸟。我听说抚育每只雏鸟、使它长大，到狩猎被射杀时的费用远远不止五英镑（这大概是两百条面包的价格）。但是对黑兹尔先生而言，所花去的每一个便士都是值得的。即使狩猎只有几个小时，他在这个小小的世界里也成了一个大人物，甚至连郡长也会在他说再见的时候拍拍他的肩，要记住他的名字。

"如果我们减少剂量，那会怎样呢？"他问，"为什么我们不能把一个胶囊里的药分到四颗葡萄干里？"

"我觉得如果你想这样，并没有什么不妥。"

"但是四分之一的胶囊对一只野鸡能起作用吗？"

这个人的勇气让人不得不佩服，每年这个时候，在这些树林里偷猎一只野鸡都是够危险的，而他却打算在这里对它们大开杀戒。

"四分之一的量足够了。"我说。

"你确定吗？"

"你自己算一算吧，这是由体重决定的，你给的药量仍然比它必要的剂量高出二十倍。"

"那么我们就用四分之一。"他说着，一边搓着双手。他停下来算了一会儿。"我们要有一百九十六颗葡萄干！"

"你知道这意味着什么吗？"我说，"得花好几个小时做准备呢。"

"那算什么！"他大声嚷着，"那我们明天再去，我们把葡萄干浸泡过夜，然后，我们还有一整个上午和下午来准备。"

这正是我们之前做的事。

现在，二十四小时以后，我们走在路上。我们已经稳稳当当走了大约四十分钟，就快到小路向右转弯的地方，小路从那里沿着山顶向野鸡生活的大树林蜿蜒而去，大约还要走一英里才能到达那儿。

"我想，这些守林人该不会带着枪吧？"我问。

"所有的守林人都佩枪。"克劳德说。

我一直对此感到害怕。

"那主要是为了对付歹徒。"

"啊。"

"当然，也不能保证他们偶尔不会对偷猎者开枪。"

"你在开玩笑。"

"一点也不开玩笑。但是他们只会从后面开枪，只是在你逃跑时开枪。他们喜欢在相距大约五十码的地方射你的腿。"

"他们不能那样做！"我喊着，"这是犯罪行为！"

"偷猎也是。"克劳德说。

我们一声不吭地走了一会儿。现在太阳落到了我们右边的高树篱的下面，小路被树篱的阴影笼罩着。

"你大可为自己庆幸这不是在三十年前，"他继续说，"那时他们一看到你就会开枪。"

"你相信是这样的吗？"

"我很清楚。"他说，"小时候，有好多个夜晚，当我走进厨房时，看见我的老爸趴在桌上，妈妈俯身站在旁边，用一把土豆刀把他屁股上的葡萄弹挖出来。"

"别说了！"我说，"这让我毛骨悚然。"

"你相信我说的，不是吗？"

"是的，我相信。"

"到最后，他身上布满了小小的白色伤疤，看上去就像是正在下雪。"

"是的，"我说，"好啦。"

"'偷猎者的屁股'，他们都这么叫。"克劳德说，"整个村子的人多少都有一点这样或那样的伤疤，而我爸爸的是第一名。"

"祝他好运。"我说。

"我真希望他现在就在这里。"克劳德沉思着说道，"为了今晚和我们一起干好这档子事，他会全力以赴的。"

"那他可以替代我了，"我说，"我非常乐意这样。"

我们已经到了山顶，现在我们能看见前方的树林，巨大而黑暗，阳光落到了树林后面，有少许金光闪闪而出。

"你最好让我来拿那些葡萄干。"克劳德说。

我把袋子给他，他把它轻轻塞进裤子口袋。

"一进树林就别再讲话了，"他说，"只用跟着我，尽量不要碰断树枝。"

五分钟之后我们到了那里。小路一直延伸到了树林，然后在它周围环绕了大约三百码，中间只隔了一道小树篱。克劳德四肢着地钻过树篱，我跟着他。

树林里面阴冷、幽暗，阳光一点也照不进去。

"这里真是阴森森的。"我说。

"嘘！别出声。"

克劳德很紧张。他走在我前面，高高地抬起他的脚，然后把它们轻轻落在潮湿的地面上。他的头一直在转动，眼睛从一边慢慢地扫向另一边，寻找着危险因素。我试着模仿他，但很快我就开始在每棵树后面都看到守林人了，所以我只好放弃了。

接着，在我们前面的树顶上，露出了一大片天空，我知道那里肯定是一片林间空地。克劳德曾经告诉过我，林间空地是七月初把幼鸟引进树林的地方，在那里它们由守林人喂食、供水和看守，出于习惯，在狩猎期开始之前它们很多都留在这里。

"林间空地总会有大量野鸡。"

"我想，看守的人也多。"

"不错，但是四周有茂密的灌木丛，这对我们很有利。"他说。

我们现在以一连串快速的匍匐冲刺向前推进，从一棵树跑到另一棵树下，然后停下来，等着、听着，又继续跑，最后我们来到林地边上一大簇赤杨树丛的后面，安全地跪下了。克劳德咧开嘴巴笑了，用手肘轻推我的肋骨，透过树枝，指着那里的野鸡。

这地方到处都是鸟，肯定有不下两百只，在树桩之间大摇大摆地走来走去。

"你明白我的意思吗？"克劳德耳语着。

眼前的景象令人惊异，有一种偷猎者梦想成真的感觉。它们就近在咫尺！有的离我们跪的地方不到十步。母鸡是肉鼓鼓的，奶黄色，它们如此肥胖，以至于走起路来胸前的羽毛几乎擦到了地上；而公鸡修长美丽，拖着长尾巴，眼睛四周有一圈亮丽的红色，就像戴了副鲜红的眼镜。我瞥了一眼克劳德，他那张像牛一样的大脸在狂喜中惊呆了。当他双眼注视着野鸡的时候，嘴巴微微张开，脸上神情呆滞。

我相信，所有的偷猎者看到猎物时的反应都大致如此。他们就像妇女在珠宝商的橱窗里看到了大块绿宝石，唯一的不同就是，这些妇女接下来获取战利品的手段没有那么高尚。"偷猎者的屁股"与一个女人愿意付出的代价相比根本算不了什么。

"啊哈，"克劳德轻声地说，"你看见守林人了吗？"

"在哪里？"

"在另一边，那棵大树旁边。仔细看。"

"我的天呐！"

"没事，他看不到我们。"

我们贴近地面蹲伏着，看着这个守林人。他是个小个子，头上戴着一顶帽子，腋下夹着一支枪。他一动也不动，就像竖立在那里的一根小柱子。

"我们走吧。"我低声说。

那个守林人的脸被他的帽缘遮蔽了，但在我看来，他似乎在直视着我们。

"我不想待在这里。"我说。

"别出声。"克劳德说。

他的眼睛一直盯着守林人，一边慢慢把手伸进口袋，拿出了一颗葡萄干。他把它放在手掌里，然后手腕迅速甩动了一下，把葡萄干向上抛入空中。我看着它飞过灌木丛，落在了离两只雌野鸡大约一码远的地方，它们一起站在一个老树桩旁边。两只鸟突然转过头对着落下的葡萄干。然后其中一只跃过去，飞快地啄了一下地面，一定是把它吃下了。

我抬起头看着守林人，他没有动。

克劳德把第二颗葡萄干抛入林中空地，然后是第三颗、第四颗、第五颗。

这时，我看见守林人转过头去查看他身后的树林。

快得就像闪光，克劳德从口袋里抽出那个纸袋，把一大堆葡萄干倒在他右手拿着的帽子里。

"停一下。"我说。

但是随着他的手臂大幅度地一挥，整整一大把葡萄干被向上抛过灌木丛，进入了林间空地。

它们落下时发出轻而急促的嗒嗒声，就像是雨点落在干树叶上。那里的每一只野鸡不是看见了它们坠地就是听到了它们下落的声音，于是应声而来的是一阵骤疾的拍翅和对珍馐美味争先恐后的寻觅。

守林人的脑袋飞快地转过来，好像他的颈脖里装有一个弹簧。鸟儿们都在疯狂地啄食葡萄干。守林人快速向前跨了两步，在那个瞬间，我以为他要进去检查了。但接下来他停住了步子，仰起脸，他的眼睛开始沿着林间空地的周界慢慢转动。

"跟着我，"克劳德对我低声耳语，"低下身子。"他开始四肢着地敏捷地爬离，就像猴子一样。

我跟在他后面。他的鼻子接近地面，他那紧绷着的大屁股在对着天空眨眼，现在就很容易理解"偷猎者的屁股"是怎样成为这个行当的职业病了。

我们就这样前行了大约一百码。

"现在开跑。"克劳德说。

我们站起来跑着，几分钟后我们通过了树篱，进入了可爱、空旷而安全的小路。

"太惊人了。"克劳德说着，他的呼吸沉重，"是不是非常了不起？"那张大脸因为胜利而变得绯红又有神采。

"一团糟了。"我说。

"什么？！"他喊叫起来。

"当然是一团糟。现在我们不可能回去了，那个守林人知道有人在那里。"

"他什么也不知道，"克劳德说，"再过五分钟树林里就黑得伸手不见五指，他会溜回家去吃晚饭。"

"我觉得我也要像他一样开溜了。"

"你是个伟大的偷猎者。"克劳德说。他在树篱下面的草皮上坐下，点燃了一支烟。

这时太阳已经下山了，天空呈暗淡的烟蓝色，泛着微微的黄光。在我们身后的树林里，树木之间的阴影和空间由灰色转变成了黑色。

"安眠药多久起作用？"克劳德问。

"当心！"我说，"有人过来了。"

那个人突然出现，默默地从暮色中走出来，我看到他时他离我们只有三十码远。

"又是一个混蛋的守林人。"克劳德说。

当这个守林人沿着小路向我们走来时，我们两人看着他。他的腋下夹着一支猎枪，一条黑色的纽芬兰猎犬紧随在他的脚跟后。他在离我们几步远的地方停下脚步，那条狗也同时停住了，站在他后面，从守林人的两腿之间看着我们。

"晚上好。"克劳德友好地说道。

这个人又高又瘦，大约四十来岁，有一双机敏的眼睛、一张冷酷的脸颊和一双让人捉摸不定的手。

"我认识你们，"他轻声说，走得更近了，"我认得你们两个。"

克劳德没有回应。

"你们是加油站的，对吗？"

他的嘴唇薄而干燥，上面有一层褐色的坚硬外皮。

"你们是库贝奇和霍斯，你们是从大马路上的加油站来的，是吗？"

"我们在玩什么？"克劳德说，"二十个问题[1]？"

这个守林人吐出一大口唾液，我看见它在空中飘浮，然后噗的一声，落到一块干燥的尘土上，距克劳德的脚仅仅只有六英寸，看上去就像是一个躺在那里的小牡蛎崽子。

"赶快走开，"那人说，"快，离开。"

克劳德坐在草皮上抽他的烟，看着那一大团唾液。

"快，"那人说，"离开这里。"

他说话的时候，上嘴唇抬起，露出了牙龈，我能看见他那排变了颜色的小牙齿中有一颗是黑的，其他的是柑橘色和咖啡色的。

"这可是一条公共道路，"克劳德说，"请别骚扰我们。"

这个守林人把他的枪从右臂移到了右手。

"你们东游西逛，"他说，"是想蓄意犯罪吗？我可以让你们吃

---

1 一种有助于提高推理能力和创造力的口语游戏，起源于美国。

吃苦头。"

"不，你不能。"克劳德说。

这一切让我非常紧张。

"我已经注意你们一些时候了。"守林人眼睛盯着克劳德说道。

"时间晚了。"我说，"我们继续走吧？"

克劳德把他的烟头弹掉，慢慢地站起来。"好吧，"他说，"我们走。"

我们沿着来时的路走着，留下那个守林人站在那里，很快，那人消失在我们后面半明半暗的暮色中。

"那是守林人的领班，"克劳德说，"他的名字叫拉巴茨。"

"让我们赶快离开这鬼地方。"我说。

"到这里来。"克劳德说。

在我们左边有一扇门通往一片田野，我们爬过去，坐在树篱后面。

"拉巴茨先生也该去吃他的晚饭了。"克劳德说，"你用不着担心他。"

我们静静地坐着，等候这个守林人在回家途中从我们身边经过。几颗星星出现了，一弯明亮的、只有三分之一个圆的残月在我们身后东边的山上升起。

"他来了！"克劳德轻声说，"别动。"

那个守林人带着狗，沿着小路轻轻地迈着大步走来，狗在他的脚后跟旁飞快地蹿来蹿去，他和狗走过时，我们透过树篱看着。

"今天夜里他不会回来了。"克劳德说。

"你怎么知道？"

"守林人如果知道你住在哪里，绝不会在树林里等你。而是到你家来，藏在屋外，等着你回来。"

"那岂不是更糟！"

"不，不糟，如果你在回家前把战利品放到其他地方，不就万事大吉了。那样他就不能碰你。"

"另一个会怎么样呢，林间空地的那个？"

"他也走了。"

"你不能这样想当然。"

"戈登，不瞒你说，我研究这些家伙好几个月了。我知道他们的所有习惯，我们不存在危险。"

我不情愿地跟着他回到树林。现在里面是一片黑暗，也非常安静，当我们小心翼翼地朝前走的时候，我们的脚步声似乎在森林的墙壁上回响，我们犹如在大教堂里漫步。

"这里就是我们扔葡萄干的地方。"克劳德说。

我透过灌木丛凝视。

那片林中空地在月光中呈现着模糊不清的乳白色。

"你真的确定守林人走了？"

"我知道他走了。"

我只能看得清克劳德帽檐下面的脸，他苍白的嘴唇、柔软而黯淡的脸颊，还有他的一双大眼睛，每只眼睛里都在慢慢地跳跃着兴奋的小火花。

"它们在睡觉吗？"

"是的。"

"在哪里？"

"就在周围。它们不会走远。"

"接下来我们做什么？"

"我们待在这儿等着。我给你带了一个灯。"他说着给我一个形状像钢笔的袖珍手电筒，"你可能用得着。"

我的感觉开始有所好转。"我们看一看，能不能发现它们有的歇在树上？"我说。

"别。"

"我想看看它们睡觉时的样子。"

"这可不是做自然研究。"克劳德说，"请安静。"

我们在那里站了很久，等着一些事情发生。

"我刚才冒出一个让人扫兴的想法，"我说，"如果鸟睡觉时能在树枝上保持平衡，那么我们就没有理由认为药会使它跌下来。"

克劳德迅速地转过脸看着我。

"毕竟，"我说，"它没有死，它只是在睡觉而已。"

"它被下了药。"克劳德说。

"但那只是一种比较深度的睡眠。为什么它只是处于深度睡眠中，我们就指望它会跌下来呢？"

接下来是一阵沮丧的沉默。

"我们本该用鸡来试验一下，"克劳德说，"我爸爸就会这样做。"

"你爸爸是个天才。"我说。

就在那一刻，我们身后的树林里传来了一声轻轻的撞击声。

"嘿！"

"嘘！"

我们站定，侧起耳朵听着。

砰！

"又有一声！"

那是一种非常沉闷的声音，好像一袋沙子从肩膀高的地方掉了下来。

砰！

"它们是野鸡！"我大声说。

"等等！"

"我肯定它们是野鸡！"

砰！砰！

"你是对的！"

我们跑进树林。

"它们在哪儿？"

"在这边！有两只在这边！"

"我觉得是在这个方向。"

"继续找！"克劳德大声说，"它们不可能在远处。"

我们搜寻了大约一分钟。

"这里有一只！"他喊道。

当我走到他跟前时，他双手拿着一只漂亮的雄鸡。我们用手电筒近距离地察看它。

"它的腮下垂肉被麻醉了，"克劳德说，"它还是活的，我能感觉到它的心跳，但是它那该死的腮被麻醉了。"

砰！

"又有一只！"

砰！砰！

"又有两只！"

砰！

砰！砰！砰！

"耶稣基督！"

砰！砰！砰！砰！

砰！砰！

我们四周的野鸡开始雨点般地从树上落了下来。我们也开始发疯似的在黑暗中奔来跑去，用我们的手电筒扫射着地面。

砰！砰！砰！这几只就像落在了我的身上，它们落下来的时候我正在树下，我立刻把它们三只全找到了——两只公的，一只母的。它们软软的、温热的，头部的羽毛非常柔软。

"我该把它们放在哪儿？"我大声叫嚷，提着它们的腿。

"戈登，把它们放在这里！就把它们堆在这里，这里亮！"

克劳德站在林间空地的边缘，月光洒在他的身上，他的两只手中各抓着一大把野鸡。他的脸上发光，眼睛大而明亮、神采奕奕的，他环顾四周，就像一个刚刚发现整个世界都是巧克力做的孩子。

砰！

砰！砰！

"我倒并不喜欢这样，"我说，"太多了。"

"美妙极了！"他喊着，丢下他带过来的野鸡，然后又跑去找更多的。

砰！砰！砰！砰！

砰！

现在很容易找到它们。每棵树下都躺着一两只。我又飞快地收集到六只，每只手上抓着三只，跑回来把它们和其他的扔到一起。然后又是六只。

而它们还在继续往下掉。

此刻克劳德卷入了一个狂喜的旋涡中，他像是一个发疯的鬼魂，在树下乱冲乱撞，我能看见他手电筒的光亮在黑暗中摇来晃去，每找到一只野鸡他就会发出一小声胜利的尖叫。

砰！砰！砰！

"那个该死的黑兹尔应该听听这个！"克劳德喊道。

"别喊了！"我说，"吓死我了。"

"你说什么？"

"不要喊叫，可能有守林人。"

"醉鬼守林人！"他喊着，"他们全在吃喝着呢！"

野鸡接连不断地坠落了三四分钟，然后突然停住了。

"继续搜寻！"克劳德叫着，"地上还有很多。"

"你不认为我们应该见好就收吗？"

"不。"他说。

我们继续寻找着，一起查看空地周围一百码之内的每一棵树的下面，东、南、西、北全都找遍了，最后我觉得我们已搜寻到了绝大多数。战利品的集中点有了这一堆野鸡，犹如燃烧着的一大团篝火。

"这是一个奇迹，"克劳德说，"这是一个了不起的奇迹。"他一边说着，一边出神地凝视着它们。

"我们最好每人带上半打，赶快出去。"我说。

"戈登，我想数一数它们。"

"没有时间数了。"

"我必须数一数。"

"不行！"我说，"赶快。"

"一……

"二……

"三……

"四……"

他开始非常仔细地数，依次把每一只鸟拿起，然后又轻轻地放到另一边去。现在明月当空照着，整块林间空地明亮皎洁。

"我不会像这样站在这里。"我说着，退后几步隐藏到阴影中，等着他数完。

"一百十七……一百十八……一百十九……一百二十！"他喊着，"一百二十只野鸡！这是一个空前的记录！"

我也丝毫不怀疑。

"我爸爸在一个夜里最多逮到十五只，后来他醉了一个星期！"

"你可是世界冠军了。"我说，"准备走了吧？"

"等一下。"他回答道。他拉起他的运动衫，伸手解下两只绕在肚子上的白色大布袋。"这只你拿着，"他说着把其中一只递给我，"快装满它。"

月光是如此的明亮，我甚至能看清袋子底部印着的小字，它们是：J.W. 克伦普，凯斯顿面粉厂，伦敦，SW 17。

"你不认为就在这一刻，那个牙齿咖啡色的家伙正在一棵树后看着我们？"

"那不可能。"克劳德说，"正如我告诉你的，他去了加油站，等着我们回家。"

我们开始把野鸡装入袋子。它们软弱无力，脖子东倒西歪，但羽毛底下的皮依然是温热的。

"会有出租车在小路上等着我们。"克劳德说。

"你说什么？"

"我总是乘出租车回去的，戈登，你不知道？"

我告诉他我毫不知情。

"坐出租车是匿名的。"克劳德说，"除了司机，没有人知道出租车里坐着谁。这是我爸爸教我的。"

"哪一个司机？"

"查理·凯奇，他是唯一热心帮忙的。"

我们装完了野鸡，我试着把鼓鼓囊囊的袋子甩到肩上。我的袋子里大约有六十只野鸡，重量至少有一英担[1]半。"我背不动，"我说，"我们得留下一些。"

"拖着走，"克劳德说，"就在你身后拖着。"

我们出发了，把野鸡拖在身后，穿过了漆黑的树林。"像这样，我们绝无可能一路走回村子。"我说。

"查理还从来没有让我失望过。"克劳德说。

我们到了树林的边缘，透过树篱仔细朝小路上看。克劳德说："查理兄弟。"声音非常轻柔。出租车就停在离我们不到五码远的地方，方向盘后面的那个老人在月光中伸出了头，向我们投来一个诡秘的、咧嘴不见牙齿的笑容。我们钻出树篱，手中拖着的袋子在地上和我们一起移动。

"喂！"查理说，"这是什么？"

"是钱。"克劳德告诉他，"打开门。"

两分钟之后，我们稳稳当当地进了出租车，车子慢慢开下山，朝村子而去。

现在除了叫喊外，一切都过去了。克劳德扬扬得意，心中满是骄傲和兴奋，他一直前倾着身子，他轻轻拍着查理·凯奇的肩膀说："怎么样，查理？收获怎么样？"查理则时不时回过头来，睁大眼睛看一下放在我们中间地板上鼓鼓囊囊的袋子，说道："耶稣基督，伙计，你是怎么弄到的？"

---

1 英美制质量单位，1 英担 =112 磅，约为 50.8 公斤。

"查理，其中有六对是给你的。"克劳德说。查理说："我估计维克托·黑兹尔先生的狩猎开幕日打的野鸡会少些了。"克劳德说："我想它们会变少的，查理，我猜会的。"

"以上帝的名义，你准备用这一百二十只野鸡做什么？"我问。

"把它们冷藏过冬，"克劳德说，"把它们和狗食一起放在加油站的冰箱里。"

"不是今夜吧，我想？"

"不，戈登，不是今夜。今夜我们把它们留在贝茜家里。"

"贝茜是谁？"

"贝茜·奥根。"

"贝茜·奥根！"

"贝茜总是为我转运猎物，你难道不知道？"

"我什么也不知道。"我说。我彻底蒙了，奥根太太是本地牧师杰克·奥根的妻子。

"总得选择一个受人尊重的妇女来转运你的猎物，"克劳德宣称，"那是正确之举。查理，不是吗？"

"贝茜是个聪明的女人。"查理说。

现在我们在经过村子，街灯还亮着，男人们正从酒馆里摇摇摆摆地游荡回家去。我看见威尔·普拉特利悄悄地从自己鱼店的边门进去，这时，普拉特利太太刚好从他上面的窗口伸出头来张望，可是他并不知道。

"牧师非常喜爱烤野鸡。"克劳德说，"他把它吊上十八天，然后用力摇几下，所有的羽毛都会落掉。"

出租车左转弯，摇摇晃晃进了教区牧师住宅的大门。屋子里没有灯，也没有人来接应我们。克劳德和我把野鸡扔到后面的煤棚里，然后我们向查理·凯奇道别，空着手，在月光下走回加油站。我们进屋时拉巴茨先生是不是在监视我们，我不知道。我们没有看见他。

"她向这里来了。"第二天早上克劳德说。

"谁？"

"贝茜——贝茜·奥根。"他颇为自豪地说出这个名字，带有一点儿支配者的口气，仿佛他是一位将军，正在提到他的勇敢下属。

我跟着他来到外面。

"在那儿。"他一边说着，一边用手指着。

路的尽头，我可以看到一个小小的女人身影在向我们走来。

"她推着什么？"我问。

克劳德对我使了个诡秘的眼色。

"转运猎物有一个唯一的安全方法，"他宣称，"那就是放在婴儿下面。"

"是的，"我低声嘟哝着，"是的，当然。"

"戈登，那里面是幼小的克里斯托弗·奥根，一岁半大，是个可爱的孩子。"

我依稀看到婴儿车上有个小点，是坐着的婴儿，车篷没有打开。

"这个小孩下面至少有六十只或七十只野鸡，"克劳德快乐地说道，"你就想象一下吧。"

"一辆婴儿车里不可能放六七十只野鸡。"

"如果那下面够深，是可以放下的，如果把垫子拿出来，把它们压紧，一直堆到上面，只需用一条被单盖着。你会惊奇地发现，一只野鸡软弱无力时所占的空间是多么小。"

我们站在汽油泵旁边等着贝茜·奥根到达。这是九月里一个无风的温暖早晨，天空阴暗，空气中飘浮着一股雷电的气味。

"她非常大胆地经过了村子，"克劳德说，"老贝茜真棒。"

"在我看来，她似乎有点急匆匆。"

克劳德用前一根的烟头点了一支新烟。"可贝茜一向是从容不迫的。"他说。

"她肯定不是在正常走路。"我告诉他，"你瞧。"

他眯起眼睛，透过香烟的烟雾看着她。然后他把烟从嘴上拿开再看。

"是吧？"我说。

"她看起来确实走得有点快，不是吗？"他谨慎地说。

"她走得真快。"

沉默了一会儿，克劳德开始非常专注地看着这个正在走近的妇女。

"戈登，也许她不想赶上这场雨。我敢打赌正是这样，她认为要下雨了，她不想宝宝被淋湿。"

"为什么她不把车篷盖上？"

他没有回答我。

"她在跑了！"我叫起来，"看！"贝茜突然全速冲刺着。

克劳德一动不动地站着，看着这个女人，在随之而来的沉静中，我想象着我可能听到了婴儿的尖叫声。

"出了什么事？"

他没有回答。

"那个孩子有点不对劲，"我说，"你听。"

这时候，贝茜离我们大约两百码，但是正在迅速地靠近。

"你现在听得到他吗？"我说。

"听得见。"

"他的头在转动，他在尖叫。"

远处那细小的尖叫声每秒钟都在变得更响，是如此狂乱、刺耳、不停歇，近乎歇斯底里。

"他受惊吓了。"克劳德断言。

"我想一定是。"

"戈登，那就是她奔跑的原因。她想快点带他到这里，使他冷静下来。"

"你肯定猜对了，"我说，"事实上我知道你是对的，只要听那声音。"

"即使不是惊吓，我也敢用性命打赌，八九不离十。"

"我很赞同。"

克劳德心神不安地在车道的砂砾上移动着他的双脚。"每天都有许许多多不同的事情发生在像这样小的婴儿身上。"他说。

"当然。"

"我曾经听说过一个婴儿，把手指卡在了婴儿车的轮子里。他惨极了，手指全被切掉了。"

"是的。"

"无论它是什么，"克劳德说，"我真希望她别再跑了。"

一辆运载着砖块的长卡车在贝茜后面逼近，司机放慢速度，把头伸出窗外看着。贝茜不理他，继续奔跑。这时她离得很近了，我能看见她那张红红的大脸，看见她嘴巴张得大大的，她在喘气。我注意到她戴着白色的手套，打扮得很整洁、讲究，头上还顶着一顶滑稽的小白帽，就像是一个蘑菇。

突然，一只大野鸡从婴儿车里飞了出来，直冲天空。

克劳德发出一声惊骇的叫喊。

卡车里的那个傻蛋从贝茜旁边驰过，哈哈大笑起来。

那只野鸡拍着翅膀，醉醺醺地转了几秒钟，然后降低了高度，跌落在路边的草地上。

一辆杂货店的货车紧跟在卡车后面开来，按响喇叭从旁边驰过。贝茜继续跑着。

然后——嗖的一声！——第二只野鸡飞出婴儿车。

然后第三只、第四只、第五只。

"我的天呐！"我说，"是药！它们的功效过去了！"

克劳德一言不发。

贝茜以惊人的速度走完了最后五十码，她跌跌撞撞地进入加油站的车道，野鸡从各个方向飞出了婴儿车。

"到底是怎么回事？"

"绕到后面去！"我大声喊叫着，"绕到后面去！"但她突然在那排汽油泵的第一只旁边停下来，我们还没来得及赶到，她就用双臂抱住尖叫着的婴儿，把他从婴儿车里拖出。

"不要！不要！"克劳德喊着向她跑去，"不要抱起孩子！把他放回去！按住被单！"但是她甚至听都没听，由于孩子的重量突然消失，一大群野鸡飞出婴儿车，至少有五十只或六十只之多，我们头顶的整个天空布满了棕色的大鸟，疯狂地拍打着翅膀要想升高。

克劳德和我开始在车道上奔来跑去，挥动着手臂惊吓它们，让它们离开加油站的地盘。"走开！"我们大声喊叫，"嘘！走开！"可是它们被麻醉得太厉害了，根本不理会我们的喊叫，在半分钟里它们又落了下来，像一群蝗虫，分布在我的加油站前面，这块地方全被它们覆盖了。它们翅膀贴着翅膀地停在屋顶的边缘和油泵上方的混凝土天篷上，至少有十几只紧贴在办公室的窗台上，一些飞落到放置润滑油瓶的架子上，另一些在我那些二手车的发动机罩盖上滑来滑去。一只有着美丽尾巴的雄鸡趾高气扬地站在一只汽油泵的上面，还有好多只因为被深度麻醉，以至于无法待在高处，只好蹲伏在我们脚边的车道上，在抖松自己的羽毛，眨动着它们的小眼睛。

路对面，运砖卡车和杂货店货车的后面形成了一排车流，人们打开门出来，纷纷走过来做近距离的观察。我看了一下表，八点四十分。我想，现在随时可能有一辆黑色大轿车从村子里开出，沿着大路疾驰而来，这会是辆劳斯莱斯，在驾驶盘后面的将会是啤酒制造商维克托·黑兹尔那张油光光的闪亮大脸。

"它们几乎要把他啄成碎片了！"贝茜大声喊叫着，把尖叫着的婴儿紧紧搂在怀里。

"你快回家去，贝茜。"克劳德说着，脸色变得苍白。

"上锁，"我说，"挂出牌子。今天我们停止营业。"

初刊于《纽约客》1959.1.31

上校的大衣

对女人而言，美国是一片充满机会的土地。她们已经拥有了全国大约百分之八十五的财富，很快她们便会拥有一切。离婚成为一种获取丰厚利益的程序，处理简便，容易遗忘。只要她们高兴，野心勃勃的妇女可以随心所欲地一次次重复这个过程，从而将她们的战利品增值到一个天文数字。丈夫的去世也会给她们带来可喜的奖赏，有些女士宁可依靠这种方法，因为她们知道，等待不会遥遥无期，要不了多久，过劳和过度紧张必会缠上那可怜的家伙，他会倒毙在书桌上，一手捏着瓶苏醒剂，一手拿着包镇静剂。

随后的一代又一代美国年轻男性，丝毫没有被这种可怕的离婚和死亡模式吓倒，离婚率越是向上攀升，他们对婚姻越是热切。年轻人结婚就像老鼠一样，他们几乎在青春期之前就结婚了，而他们中大部分人到三十六岁的时候，税单上至少会显示有两位前妻。为了用这种他们已经习惯的方式赡养这些女士，男人们必须像奴隶一样劳作，事实上，他们就是不折不扣的奴隶。不过现在当他们到了日趋成熟的中年期，一种幻灭和恐惧的感觉开始进入他们内心，并慢慢蔓延。在晚上，他们喜欢待在俱乐部和酒吧里，三三两两地挤在一起，喝着他们的威士忌，吞着他们的药丸，试图用诉说故事来互相安慰。

这些故事的基本主题是一成不变的。总是有三个主要角色——丈夫、妻子和一个卑鄙的第三者。丈夫是一个正派的、安分守己的男人，在自己的岗位上兢兢业业地工作。妻子是狡猾、虚伪和淫荡的，她不外乎是一直在和某个卑鄙的色鬼暗通款曲。丈夫为人太过善良，甚至对她毫不怀疑。事情看来对丈夫不妙，这个可怜的人会发现蛛丝马迹吗？他的下半辈子注定要戴绿帽子吗？是的，他肯定会的。不过，等一下！突然间，一个绝妙的反杀，使丈夫彻底扭转局面，击败了他的魔鬼妻子。那女人顿时瞠目结舌、呆若木鸡、无地自容，一下子成了泄气的皮球。酒吧里围在四周的男性听众便默默地会心一笑，从这个虚幻的故事中获得一点安慰。

有很多这样的故事在流传，这些故事是不快乐的男性所虚构的奇妙而一厢情愿的梦幻世界，但大多数故事，要么太虚幻而不值得重复，要么太庸俗而不堪落笔记录下来。然而，有一个故事似乎不同凡响，尤其是它具有真实可信的特点，使得它在那些受过两三次伤、来此寻找慰藉的男子中广受青睐，如果你是他们中的一员，如果你还没听过，你可能会喜欢接下来这个故事。这个故事名叫"比克斯比太太和上校的大衣"，它是这样展开的：

比克斯比医生和太太住在纽约城的一套小小的公寓里。比克斯比医生是一名收入平平的牙医，比克斯比太太是一个精力充沛的大个子女人，长着一张性感的嘴巴。每月一次，往往是在星期五的下午，比克斯比太太会在宾夕法尼亚车站搭乘火车去巴尔的摩看望她的老姑姑。她会陪姑姑一个夜晚，在第二天返回纽约，并准时为她丈夫做好晚餐。比克斯比医生随和大度地接受了这个安排。他知道莫德姑姑住在巴尔的摩,知道他妻子非常爱这位老太太,要是不让她们两人每月聚一次确实对谁来说都是不近人情的。

"只要你不指望我陪着你去。"比克斯比医生在一开始就这样说了。

"当然不需要,亲爱的,"比克斯比太太回答,"毕竟她不是你的姑姑。她是我姑姑。"

到目前为止,一切都还安然无事。

然而,事情原来是这样的,拜访姑姑只是比克斯比太太的一个巧妙的借口。那个卑鄙的第三者是个以绅士自居的"上校",他狡猾地潜伏在暗处,而我们的女主角在巴尔的摩的大部分时间是和这个恶棍厮混。上校家财万贯,住在城郊一幢漂亮的宅子里。他没有妻子和家庭的牵绊,只有几个行事谨慎的忠心仆人,比克斯比太太不在的时候,他就以骑马和猎狐作为消遣。

年复一年,比克斯比太太和"上校"之间的愉快私会一直继续着,从来没有节外生枝过。他们的会面甚为稀少——一年十二次,想想并不算多——这使得他们几乎不可能彼此生厌。相反,幽会后的漫长等待,只会使彼此的心变得更加热切,每一次分别都是对激情重聚的催酿。

"嘿!"每次上校在火车站见到她时,都会从他的大轿车里大声呼喊,"我亲爱的,我几乎要忘记你的模样有多迷人了。一起去享受我们的世界吧。"

八年过去了。

这是圣诞节的前夕,比克斯比太太到了巴尔的摩火车站,等着列车把她载回纽约。这次刚结束的"特殊拜访"比往常更令人愉悦,她的心情颇为雀跃。不过,在有上校陪伴的日子里,她总是这样亢奋。这个男人总有方法，能使她感觉自己也是个相当卓越超群的女性，一个具有奇妙天资的女人，一个拥有无与伦比魅力的女人。这和家里的牙医丈夫是多么的不同，他从没能让她产生过任何这样棒的感觉，除了让她感觉自己是永久地待在候诊室里的某个病人，默默置身于那些杂志中间，等着被叫去接受那双清洁的、至今也少有人光临的、粉红色手的精细护理。

"上校要我把这个交给您。"她身旁一个声音响起。她转过身，看见了上校的马夫威尔金斯，一个灰色皮肤、瘦小干瘪的矮子，他把一个又大又扁的硬纸盒塞进她的怀中。

"天哪！"她突然一阵慌乱，叫喊着，"我的上帝，这么大的盒子啊！是什么，威尔金斯？他有留口信给我吗？"

"没有口信。"马夫说完就走了。

比克斯比太太一上火车就带着纸盒进入女厕所，锁上门。多么令人激动！上校送的圣诞礼物，她开始解开绳子。"我敢打赌这是一条裙子，"她大声说，"甚至有可能是两条，或者是一大堆漂亮的内衣。我先不看，我只摸摸看，试着猜一猜那会是什么。我还要猜猜颜色，猜它究竟是什么样子。还有，花了多少钱。"

她紧紧闭上眼睛，慢慢打开盒盖，然后把一只手探入纸盒。顶上有一些包装纸，她能摸出来，并听见它们发出窸窸窣窣的声音。还有一个信封或一张什么贺卡，她不管这些，开始把手探到包装纸下面，手指像卷须一般灵巧地向前伸出。

"我的天呀，"她突然喊了起来，"这不可能是真的！"

她的眼睛睁得滚圆滚圆，盯着那件大衣。然后扑上去抓住它，把它从纸盒里拿出来。厚厚的毛皮层在展开时碰触到包装纸，发出悦耳的声音，当她把它举起来，看着它垂下的整个长度，那真是美得让她快要窒息了。

她从没见过像这样的貂皮衣。它是貂皮的，不是吗？是的，它当然是。但这是多么灿烂的颜色啊！毛皮几乎是纯黑的。最初她以为是黑色的，但是当她拿着它贴近窗子，看见黑色中还有一抹蓝色，是像钴蓝一样浓郁的深蓝。她飞快地瞥了一眼标签，上面只写着"拉布拉多野生貂"，仅此而已，没有显示是在哪里买的或任何其他信息。不过，她对自己说，这大概是上校干的吧，这个狡猾的老狐狸，想确保自己没有留下任何痕迹，真神！但是它究竟值多少钱呢？她几乎不敢想，是四千，五千，还是六千美元？也许更多。

她简直移不开眼。对这件东西，她真的等不及了，要马上试穿。她利索地脱下自己那件款式简单的红外套，她此刻有点气喘吁吁，她按捺不住内心的激动，睁大了眼睛。但是，上帝噢，那毛皮的感觉！那两只宽大的袖子和厚厚的翻起来的袖口！是谁曾经告诉过她，他们通常用雌貂的毛皮做大衣的袖子，而用雄貂的做大衣的其他部分？有人告诉过她，也许是琼·拉特费尔德。尽管她无法想象琼怎么会对貂皮那么熟悉。

这件非凡的黑色大衣几乎是自动地滑到了她身上，好像是她的第二层皮肤。噢，好家伙！这是一种奇异至极的感觉！她朝镜子里面瞅了一眼，太棒了，她整体的风度气质一下子完全改变了。她看上去艳丽夺目、光彩照人，富贵、灿烂、妖娆，这一切就发生在这一刹那。而且给了她无穷的力量感！穿着这件大衣她可以阔步走进任何她想去的地方，人们会像兔子一样在她身边蹿来蹿去，这所有的一切简直美妙得难以言表！

比克斯比太太拿起那个还躺在硬纸盒里的信封，打开它，抽出上校的信：

我曾经听您说您喜欢貂皮，所以我给您买了这个，听说它的质量不错，请把它和我真挚的美好祝愿当作我们分手的礼物，出于我自己个人的原因，我将不能再见您了，再见，祝您好运。

好啊！

想象一下！

正在她感到极度快乐之际，晴天霹雳轰然而下。

再也没有上校了。

多么可怕的打击。

她会对他朝思暮想的。

慢慢地，比克斯比太太开始轻轻抚摸这件可爱的、质地柔软的黑色毛皮大衣，这正是失之东隅、收之桑榆吧。

她露出微笑，把信折起来，想把它撕了扔到窗外，但是在折信的时候，她注意到写在另一面的一些字：

　　又及，就对他们说，这是慷慨大度的姑姑送给您的圣诞礼物。

在那一瞬间，比克斯比太太咧开嘴，露出飘忽不定的笑容，笑容很快又像橡皮筋似的收拢了。

"这男人想必是疯了！"她喊起来，"莫德姑姑没有那么多钱。她不可能给我这个。"

但是，如果不是莫德姑姑买给她的，那么是谁买的？

天哪！在发现这件大衣和试穿它的激动中，她竟完全忽视了这个要命的问题。

几个小时之后她就会到达纽约，再过十分钟她会到家，届时丈夫会在那里迎候她。即使像西里尔这样一个居住在由根管、两尖齿、龋齿构成的唾液横飞的黑暗世界里的男人，如果他妻子在周末踏着轻巧的步子走进来，身上穿着一件六千美元的貂皮大衣，他肯定也会少不了一番询问的。

"你知道我在想什么，"她对自己说，"我觉得那个该死的上校这样做是在故意折磨我。"他明明知道莫德姑姑没有足够的钱买这件大衣，他知道我没法留下它。

而且一想到他还用它来分手，比克斯比太太简直忍无可忍。

"我必须拥有这件大衣！"她大声说，"我必须拥有这件大衣！我就是要拥有这件大衣！"

太好了，亲爱的，你应该拥有这件大衣。但是别惊慌，坐定下来，保持镇静，然后开始思考。你是个聪明的女人，不是吗？你以前骗过他，你知道这男人的双眼除了盯着他的探针头，从来不会再看得更远。所以，你只需完全静下心来坐着思考，现在还有大把时间呢。

两个半小时后，比克斯比太太在宾夕法尼亚火车站走下火车，快步走向出口。此刻她已换回了自己的红色旧外套，怀抱着硬纸盒，招呼了一辆出租车。

"司机，"她说，"你知道附近有还开着门的当铺吗？"

方向盘后面的那个人回头看着她，扬了扬眉毛，被逗乐了。

"沿着第六大道就有很多。"他回答。

"那么，就在你看到的第一家停下，好吗？"她坐进了车子，接着车子启动了。

很快，出租车就在一家门上挂着三只铜球的店外停下。

"请等着我。"比克斯比太太对司机说，她从出租车里出来，进入店中。

一只体形硕大的猫蜷伏在柜台上，在吃一个白色浅碟里的鱼头。这动物抬头用明亮的黄眼睛看着比克斯比太太，然后又移开目光，继续吃它的。比克斯比太太站在柜台旁边，尽量远离那只猫，等着人来接待，一边注视着柜子里的手表、鞋扣、搪瓷胸针、老式双筒望远镜、破碎的眼镜、假牙。她思索着，为什么人们总是把他们的牙齿送进当铺。

"什么事？"店主从店堂后面的暗处走出来。

"噢，晚上好。"比克斯比太太说，她开始解开绕在盒子上的绳子。那人走到猫旁边，开始顺着它的脊背抚摸，猫继续吃着它的鱼头。

"你看我傻不傻？"比克斯比太太说，"出去时把钱包给丢了，今天是星期六，所有的银行都关门关到星期一，我得有一些钱来打发周末。这是一件相当贵重的大衣，但是我要的不多。我只想借够让我维持到星期一的钱。然后我会回来赎它。"

那个人等着，没有吭声。但是当她抽出貂皮大衣，让美丽厚实的毛皮落在柜台上时，他扬起眉，从猫身上抽回双手，走过来察看。他拿起它，抖开来举在自己面前。

"如果我身上有一只手表或一枚戒指，"比克斯比太太说，"我会把那东西当给你。可是偏偏我身边除了这件大衣再没有别的了。"她张开自己的手指让他看。

"它看上去是新的。"那人抚弄着软软的貂毛说着。

"哎，是的，它是新的。不过，如我所说，我只想借够我用到星期一的钱。五十美元怎么样？"

"那我就借你五十美元吧。"

"它可值这个钱的一百多倍呢，但是我知道你会妥善保管它，直到我回来。"

那人走到抽屉边，取来一张签条，把它放在柜台上。那签条看上去就像人们系在手提箱把手上的标签，形状和大小完全一样，都是坚硬的棕色纸。但是它的中间贯穿着一排小洞，你可以把它撕成两半，这两半是完全一样的。

"姓名？"他问。

"让它空着吧，还有地址也空着。"

她看见这个人停下了笔尖，它停在那条虚线上方等着。

"你不用写明姓名和地址，是吗？"那人耸耸肩，摇了摇头，笔尖移到下一行。

"我只是不想而已。"比克斯比太太说，"这纯粹属于个人的隐私。"

"那么，你最好不要遗失这张单据。"

"我不会弄丢的。"

"你明白吗，任何持有它的人都可以来索取这件物品？"

"是的，我明白。"

"只凭这号码。"

"是的，我知道。"

"你希望我怎样填物品说明？"

"谢谢，你也不用填它了。没有必要，只要写上借钱的数目就行了。"

那笔尖再次踌躇不定，停留在物品名称旁边的虚线上。

"我想你应该放上一个说明，如果你想卖掉这签条，一个说明总是有帮助的。你永远都不会知道，你什么时候可能想卖掉它。"

"我可不想卖掉它。"

"你可能会不得不这样做，很多人都这样。"

"听着，"比克斯比太太说，"我并没有破产，如果你是这个意思的话。我仅仅是丢了我的钱包。你不明白吗？"

"那么，随你的便吧，"那个人说，"反正这是你的大衣。"

这时一个令人不安的想法向比克斯比太太袭来。

"告诉我，"她说，"如果我在签条上没留下一个描述说明，那么如何保证赎的时候你会把这件大衣还给我，而不会还给我另外一件？"

"它在账簿里记着呢。"

"但是我只有一个号码。所以实际上，你可以给我任何你想给的旧东西，难道不是吗？"

"你到底要不要写物品说明？"那个人问。

"不用了，我相信你。"

那人在签条两部分的价值栏中分别写下"五十美元"，然后沿着一排孔把它撕成两片，把下半部分推过柜台。他从夹克口袋里掏出一只钱包，取出五张十美元的纸币。"利息是每月百分之三。"他说。

"好，没问题，谢谢。你会妥善保管它，对吗？"

那个人点点头，但是没有说话。

"我要把它放回盒子再给你吗？"

"不用了。"那人说。

比克斯比太太转过身，走出店铺来到街上，出租车等在那里。十分钟后她到了家。

"亲爱的，"当她俯身吻她丈夫的时候问道，"你想我吗？"

西里尔·比克斯比放下晚报，看了一眼手腕上的表。"现在是六点十二分半，"他说，"你晚点了，对吗？"

"我知道，都怪那些糟糕的火车。莫德姑姑像往常一样向你问好。我想喝一杯，你呢？"

丈夫把报纸折成一个整齐的长方形，放在他的椅子扶手上，然后起身横穿到餐具柜旁边。他的妻子留在房间中央脱下手套，小心地看着他，不知道她该等他多久。此刻他背对着她，弯腰去量杜松子酒，他把脸凑近量杯，注视着里面，仿佛那是一个病人的嘴巴。

滑稽的是，和上校一比，他看上去是那么瘦小。上校身材魁梧、毛发浓密，当你靠近他的时候，能闻到一股微弱的辣根[1]味。而眼前这个人个头小小、皮肤光洁、瘦骨嶙峋，而且根本闻不到他的任何气味，除了薄荷糖的味道，他口里常含着薄荷糖，为的是让病人对他的呼气感到舒服一点。

"看看我买什么来量味美思酒了，"他举起一只标有刻度的玻璃烧杯，说道，"用这个，我能精确到毫升。"

"亲爱的，你太聪明了。"

她想：我真的必须让他改变穿衣方式，他的那些西装简直可笑得无法形容。曾经有一段时间，她觉得它们很棒，这些具有爱德华七世时代特征的外套，有高高的翻领，门襟上排列着六颗纽扣，但现在看上去只觉得很傻。裤管瘦狭的裤子也是如此。穿这样的衣服，你得有一张特殊的脸，可西里尔没有。他有的是一张瘦削的长脸、一个狭窄的鼻子和一个微微突起的下巴，当你看到这张脸在一

1　一种有香辣味的植物，可用作调料。

套紧身的老式西装上面露出时，那就像一幅萨姆·韦勒[1]的漫画，而他也许认为自己看起来像博·布鲁梅尔[2]呢。事实上，在诊所里，他永远是敞开他的白大褂来迎候他的女病人，这样她们能够瞥见里面的服饰，这分明是蓄意给人一种他多少也是个风流人物的印象。但是比克斯比太太更了解他，羽毛只是虚张声势，说明不了什么，这使她想起一只仅剩一半羽毛的老孔雀在草地上趾高气扬，或想起那些劣等的自体授粉的花卉——比如蒲公英。蒲公英不用授粉就能结籽，因而它那些鲜丽的黄色花瓣纯粹是浪费时间，是一种炫耀的假面具。生物学家们用什么词说来着？单性繁殖。蒲公英是单性繁殖。那么，夏天的水蚤同样如此。她想，这听上去有点像多重身份的路易斯·卡罗尔[3]——水蚤、蒲公英和牙医。

"谢谢，亲爱的。"她说着接过马提尼[4]，然后在沙发上坐下，把手提包放在膝上，"昨天晚上你做什么啦？"

"我待在诊所里，自己浇铸了几个嵌体，另外还去更新了我的账目。"

"听我说，西里尔，我真的觉得你该让人替你干那些乏味的苦活了。你还有比这些事情更重要的事要做，你为什么不让技工去做嵌体？"

"我宁可自己做，我很为我做的嵌体自豪。"

"我知道你的手艺，亲爱的，我觉得那绝对是一流的，它们是全世界最棒的！但是我不想让你把自己弄得疲惫不堪。为什么不是

---

1 Sam Weller，英国作家查尔斯·狄更斯的长篇小说《匹克威克外传》中的虚构人物，是匹克威克先生的仆人。

2 Beau Brummell，1778—1840，英国著名纨绔子弟，以其时髦服装和举止而闻名。

3 Lewis Carroll，1832—1898，英国数学家、逻辑学家和作家。

4 由杜松子酒和味美思酒调配而成。

那个名叫普尔特尼的女人做账？那是她的工作，不是吗？"

"是她做的，但我必须首先把所有的价目都定好。她不知道谁有钱，谁没有。"

"这杯马提尼非常棒！"比克斯比太太说着，把杯子放到茶几上，"相当不错。"她打开手提包，拿出手帕，好像是要擤自己的鼻子。

"哦，你看！"她看着那张签条，大声说着，"我忘了给你看这个！就是刚才我在出租车的座位上发现的，上面有一个号码，我想它可能是一张彩票或什么东西，所以留着它。"

她把这张坚硬的棕色小纸片递给丈夫，他用手指接过来，开始翻来覆去地细看，仿佛它是一颗可能有病的牙齿。

"你知道这是什么吗？"他慢条斯理地说。

"不，亲爱的，我不知道。"

"这是一张当票。"

"一张什么？"

"一张当铺的当票。这里是店的名称和地址——在第六大道的某个地方。"

"哦，亲爱的，太让我失望了，我还希望它可能会是一张彩票呢。"

"没有理由失望，"西里尔·比克斯比说，"事实上，这可能是件相当有趣的事。"

"亲爱的，为什么有趣？"

他开始向她详细地解释当票是怎么一回事，特别强调了任何持有这张票据的人都有权得到这件物品。她耐心地听着，直到他结束他的宏论。

"你认为值得去领取吗？"她问。

"我想值得去搞清楚它是什么东西。你看见这里写着五十美元的数字吗？你知道那是什么意思？"

"不知道，亲爱的，它是什么意思？"

"它的意思是，几乎可以肯定，这件不明为何物的东西是非常值钱的。"

"你是说它值五十美元？"

"差不多五百美元吧。"

"五百！"

"你不明白吗？一个当铺老板给你的保价，绝不会多于实际价格的十分之一。"

"天哪，我从来不知道这些事。"

"世上有很多事你不知道，亲爱的，现在你听我说。你看，没有当主的姓名和地址……"

"但是肯定有哪里说到它属于谁吧？"

"丝毫没有。人们经常这样做，他们不想任何人知道他们去过当铺，他们以此为耻。"

"那么你认为我们能够留着它？"

"我们当然能留着它，现在这是我们的当票。"

"你是说我的当票？"比克斯比太太坚定地说道，"它是我发现的。"

"我亲爱的夫人，这有什么关系呢？重要的是我们现在有权去赎回它，想什么时候去都行，只要五十美元。怎么样？"

"哦，多么有趣！"她喊着，"我觉得这太让人兴奋了，尤其是我们甚至都还不知道那是什么。任何东西都有可能，对吗，西里尔？什么都可能！"

"确实是什么都有可能的，尽管它最可能是一枚戒指或是一只手表。"

"但是如果它是件奇珍异宝，岂不妙哉？我的意思是真正的古董，比如一只精致的花瓶，或一尊罗马雕像。"

"具体我也不知道它可能会是什么东西，亲爱的，我们只好等着瞧了。"

"我想这绝对令人神魂颠倒！把当票给我，我打算星期一早上第一件事就是跑过去弄清楚！"

"我想最好是让我来做这件事。"

"哎，不！"她大声喊叫，"让我来做！"

"我想不用啦，我在上班的路上就顺便办了。"

"但这是我的当票！西里尔，求你让我去赎它！为什么所有的乐趣都该归你？"

"你不了解那些当铺老板，亲爱的，你会很容易受骗的。"

"我不会受骗，我真的不会，把它给我。"

"你还必须有五十美元，"他露出了笑容说道，"在他们把东西给你之前，你得付五十美元现金。"

她说："我想，我有的。"

"如果你不介意的话，我希望你还是别插手。"

"可是西里尔，是我发现的，不管它是什么，它是我的，难道不是吗？"

"它当然是你的，亲爱的。没有必要为这事如此激动。"

"我没有，只是有点兴奋，仅此而已。"

"我觉得你还没有想到它可能是完全男性化的东西——例如，一只怀表，或一套衬衫饰纽。你要知道，不仅仅是女人去当铺。"

"假如是那样，我会把它作为圣诞礼物送给你。"比克斯比太太大度地表示，"我会很高兴。但是如果是件女人用的东西，我想自己要，这你同意吧？"

"这听起来非常公平。你为什么不跟我一起去赎呢？"

比克斯比太太正想表示同意，但又及时止住了自己。她不希望当铺老板在她丈夫面前像对一个老主顾那样招呼她。

"不，"她慢慢地说，"还是不了吧，你想，如果我留在家等结果，那应该会更刺激。哎，我希望那不会是我们俩谁都不想要的东西。"

"你说到点子上了，"他说，"如果我觉得它不值五十美元，我甚至不会要它。"

"但是你说它会值五百美元。"

"这点我非常确定，不用担心。"

"哦，西里尔，我等不及了，这不是很令人兴奋吗？"

"是挺有趣，"他说着把当票放到他的马甲口袋里，"这毫无疑问。"

终于到了星期一早上，早餐之后比克斯比太太跟着丈夫走到门口，帮他穿上外套。

"别工作得太累了，亲爱的。"她说。

"不会的，放心吧。"

"六点钟回家？"

"但愿如此。"

"你准备抽空去那家当铺吗？"她问。

"天哪，我把它忘得一干二净了。现在我就坐辆出租车去那里，正好顺路。"

"你没有把当票丢了，对吧？"

"我想不会，"他摸了摸马夹的口袋，"没丢，它在这里。"

"你的钱够吗？"

"差不多吧。"

"亲爱的，"她贴近他站着，拉直他原本就笔挺的领带，"如果恰好是什么好东西，你觉得可能是我喜欢的东西，你一到诊所就打电话给我好吗？"

"好的，如果你要我打的话。"

"西里尔，你知道吗，我有点儿希望它会是适合你的东西，我宁愿它给你而不是给我。"

"你真慷慨大度，亲爱的，我现在得走了。"

大约一个小时后，当电话铃响起时，比克斯比太太飞快地穿过房间，在第一串铃声结束前就从托架上拿起了听筒。

"我拿到它了！"他说。

"你拿到了！哦，西里尔，是什么东西？是一件好东西吗？"

"非常棒！"他大声说，"它太迷人了！你就等着亲眼目睹吧！你会昏倒的！"

"亲爱的，是什么东西？快告诉我！"

"你是一个幸运的女人，这非你莫属。"

"那么，是给我的？"

"当然，是给你的。不过，尽管我很想知道它是怎样以区区五十美元的价格被当掉的，那可真见鬼。有人疯了。"

"西里尔！别让我一直东猜西想！我受不了啦！"

"你看到它一定会发疯。"

"它是什么？"

"你猜猜看。"

比克斯比太太停住了。要小心,她告诫自己,现在必须得非常小心。

"一条项链。"她说。

"错了。"

"一枚钻戒。"

"你还没猜到点子上,我给你一点暗示,它是一样你能穿戴的东西。"

"我能穿戴的东西?听你意思好像是一顶帽子?"

"不,不是帽子。"他说着笑了起来。

"看在老天爷的分上,西里尔!你为什么不告诉我?"

"因为我想给你一个惊喜。今天晚上我会带着它回家。"

"你别这么做!"她喊道,"我现在就过去取。"

"我倒是希望你别过来。"

"别犯傻了,亲爱的,我为什么不能去?"

"因为我太忙了,你会扰乱我整个上午的时间安排。我已经延迟半个小时了。"

"那么我在午休时间过去。行了吧?"

"我没有午休时间。哦,好吧,那你一点半钟,我吃三明治的时候来吧。再见。"

一点半钟的时候,比克斯比太太来到比克斯比医生的诊所,她按响电铃,她的丈夫穿着白色的牙科医生外套,亲自前来开门。

"嘿,西里尔,我太兴奋了!"

"是该兴奋的,你是个幸运的女人,你知道吗?"他引着她穿过走廊来到诊疗室。"去吧,普尔特尼小姐,吃午餐去吧。"他对他的助手说道。她正忙着把器具放到灭菌器里。"你可以回来后再做完它。"直等到这个女孩走开，他才走向一个他用来挂衣服的壁柜，在它前面站住，用手指了指，他说："它在那里面。现在——闭上你的眼睛。"

比克斯比太太遵照他说的闭上了眼睛。然后深深吸了一口气，屏住，在接下来的静谧中，她能听到他打开了柜门，当他从挂在那里的别的东西中抽出一件衣服时，发出了一种轻柔的沙沙声。

"好了！你可以看了！"

"我不敢睁眼。"她说着，还发出了笑声。

"快，瞄一眼。"

她忸怩作态，开始咯咯地笑了起来，将一只眼皮微微抬起一条缝，刚好能够模模糊糊看到这个男人穿着白大褂站在那里，手中高举着什么东西。

"貂皮！"他喊着，"真正的貂皮！"

听到这充满魔力的词，她迅速睁开双眼，同时，她实际上已经迈步迎上去，要把大衣揣进怀里。

但是这里没有大衣，只有一条可笑的小毛皮围巾悬挂在她丈夫手上。

"快来一饱眼福！"他边说边在她面前抖动着围巾。

比克斯比太太伸出一只手捂住自己的嘴巴，开始后退。"我快要大声尖叫了，"她对自己说，"我只知道，我快要尖叫了。"

"怎么啦，亲爱的？你不喜欢它？"他不再抖动那件毛皮，站在那里盯着她，等着她说些什么。

"啊，是啊。"她结结巴巴地说，"我……我……觉得它……它很可爱……真的很可爱。"

"一瞬间快要让你喘不过气了，是吗？"

"是，是的。"

"极好的质量，"他说，"颜色也雅致。亲爱的，你知道吗？我估计像这样的一件东西，如果你到店里买的话，最起码要花二三百美元。"

"我不怀疑。"

它是由两块毛皮拼成的，两块窄窄的看上去脏兮兮的毛皮，连着头，有玻璃珠嵌在它们的眼窝里，还有小爪子垂下来，其中一只的尾部被另一只叼在嘴里。

"拿着，"他说，"戴上试试。"他凑过身子，把那玩意儿绕在她的脖子上，然后退后赞赏着。"太完美了，它真的适合你。亲爱的，不是每个人都能有貂皮。"

"对的。"

"你去购物的时候，最好把它留在家里，否则他们会以为我们是百万富翁而马上双倍要价了。"

"我会尽量记住这点，西里尔。"

"恐怕你得对圣诞节别无所求了，不管怎样，五十美元已超出我计划要花的钱。"

他转过身，走向水池开始洗手。"亲爱的，你回去吧，给自己买一份可口的午餐。我本该送你出去，可老戈尔曼在候诊室等我，他的假牙搭钩断了。"

比克斯比太太朝门口走去。

她对自己说：我要杀了那个当铺老板，我立刻马上就去那家店，我要把这条臭围巾扔到他脸上，如果他拒绝还我大衣，我就杀了他。

"我告诉过你今天晚上我会晚些回家吗？"西里尔·比克斯比说着，还在洗他的手。

"没有。"

"从目前的情况推测来说，可能至少得到八点半，甚至可能在九点钟。"

"好的，没关系。再见。"比克斯比太太走出去，门在她身后砰地关上了。

恰恰就在这一刻，普尔特尼小姐，那位秘书兼助手，沿着走廊轻轻从她身边走过，出去吃午餐。

"多好的天气，不是吗？"普尔特尼小姐走过的时候这样说着，脸上闪烁着微笑。她举步轻盈，身上带着香水的气味，她看上去像个女王，像极了一个穿着漂亮黑貂皮大衣的女王。她身上穿的，正是上校送给比克斯比太太的那件大衣。

克劳德的狗：冷面杀手鲁明斯

　　这时太阳升到了山上，雾气已经散尽，清晨时分沿着道路和那条狗一起阔步行走的感觉真美妙，特别是进入秋季，树叶都变成金色和黄色，有时一片叶子脱离树枝，缓缓坠落下来的时候，先是在空中慢慢翻着筋斗，最后悄无声息地落在他面前路边的草地上。一阵微风从上面吹过，能听到山毛榉在发出沙沙的声响，就像一群人在娓娓细语。

　　对克劳德·库贝奇来说，这一直是一天中最好的时候。他露出赞美的眼光，注视着在他前面小跑着的灰狗那双天鹅绒般柔滑的后腿。

　　"杰基，"他轻轻地叫唤着，"喂，杰基，你感觉怎样，伙计？"

　　听见它的名字，那条狗转过一半身子，迅速地摇了摇尾巴表示答谢。

　　他心中思忖着，从来没有别的狗会像杰基这样，它是多么美丽：那修长的流线形体态、又小又尖的脑袋、黄色的眼睛、机敏的黑鼻子；还有那漂亮的长脖子，从胸部深处向后和向上拱起，根本就看不见它的肚子；再看它是怎样踮着脚趾走路的，不发出一点声响，几乎根本没有碰到路面。

"杰克逊，"他说，"又棒又帅的杰克逊。"

极目远眺，克劳德能够看到鲁明斯的农舍，一座小小的、狭窄的、老旧的农舍，退缩在右手边的树篱后面。

他心里做了决定，自己到那里就转弯回头，今天走的够多了。

鲁明斯提着一桶牛奶穿过院子，看见了从路上走来的克劳德，于是把桶放下，走向栅门，把双臂搭在顶上的栅条上，等着他过来。

"早上好，鲁明斯先生。"克劳德说。为了鸡蛋，对鲁明斯表示礼貌是有必要的。

鲁明斯点点头，靠在栅门上，用挑剔的眼光看着那条狗。

"看上去不错。"他说。

"它确实挺棒。"

"它什么时候跑？"

"我不知道，鲁明斯先生。"

"别瞎扯了，它什么时候跑？"

"它还只有十个月大，鲁明斯先生。说实话，它还没有经过适当的训练呢。"

鲁明斯那两只珠子般的小眼睛疑神疑鬼地从栅门上方望过来。"我不介意赌上两三个英镑，你是想不久之后和它在某个神不知鬼不觉的地方捣鬼。"

克劳德不自在地在黑色的路面上移动着双脚，他非常讨厌这个人，讨厌他青蛙般的阔嘴，讨厌他的一口破牙，讨厌他诡诈的眼神，然而最讨厌的是，因为鸡蛋的缘故，自己必须礼貌对他。

"你对面的那个干草垛里，"他说着，一心想找另一个话题，"尽是老鼠。"

"所有的干草垛都有老鼠。"

"不像这一个，事实上，关于这事，我们和官方一直有一点麻烦。"

鲁明斯突然抬头看了一眼，他不喜欢和官方发生纠葛，任何在黑市卖鸡蛋和没有许可证杀猪的人，避免和官方接触都是明智的。

"什么样的麻烦？"

"他们派了捕鼠人过来。"

"你是说仅仅为了几只老鼠？"

"几只！哎呀，是成群成群的！"

"不会吧。"

"鲁明斯先生，说真的，有好几百只呢。"

"捕鼠人没有逮住它们吗？"

"没有。"

"为什么？"

"我估计是它们太狡猾了。"

鲁明斯开始若有所思地用拇指尖抠了一下一只鼻孔的内缘，他这样抠的时候，拇指和手指夹在鼻翼上。

"我不会感谢捕鼠人，"他说，"捕鼠人是政府工作人员，为该死的政府工作，我不会感谢他们。"

"鲁明斯先生，我也这样认为，捕鼠人是些虚伪狡诈的家伙。"

"好了，"鲁明斯说，把手指伸入到帽子下面去搔头顶的痒，"反正我很快就会过去把干草搬回来。我想我今天做这件事也为时不晚，我不想让政府的人围着我的东西打转，非常感谢。"

"正是，鲁明斯先生。"

"我们稍后就过去——伯特和我一起过去。"说着他转过身，缓缓地穿过院子。

大约下午三点钟，我们看见鲁明斯和伯特坐在一辆马车上缓缓来到路上，马车由一匹笨重而雄壮的黑马拉着。马车在加油站对面转弯，进入那块场地，停在了干草垛边上。

"这该是有点看头的，"我说，"拿好枪。"

克劳德取来了来复枪，把弹药筒滑进了枪膛。

我慢步穿过马路，斜靠在打开的栅门上。鲁明斯这时已在干草垛的顶上，在割断顶上捆绑稻草的绳子。伯特留在马车上，用手指拨弄着那把四英尺长的刀。

伯特的一只眼睛有点毛病，它全部是淡灰色的，酷似一只煮熟的、在眼窝里纹丝不动的鱼眼，总像是在看着你，紧紧跟定了你，如同博物馆里一些肖像人物的眼睛。不管你站在什么地方，不管伯特看着何处，这只有缺陷的眼睛总是在用一个白眼定地斜视着你，带着煮熟的和发霉的灰色，它的中间有一个小黑点，真的就像盘子里的鱼眼。

在体形上，伯特和他的父亲正好相反，他父亲又矮又胖，像只青蛙；而他是高个子男孩，瘦得像根芦苇，且软弱无力，关节松松的，甚至他的脑袋也歪向一边，垂在肩膀上，好像重得让脖颈支撑不住了。

"去年六月你们刚刚堆好这个干草垛，"我对他说，"为什么这么快就拆了它？"

"爸爸要这样的。"

"十一月份，拆掉一个新的草垛，时间上很滑稽。"

"爸爸要这样的。"伯特重复着，他的两只眼睛，圆的一只和另外那只，朝下看着我，一脸的茫然。

"费了九牛二虎之力把它堆起来，用茅草盖好它，五个月后又把它拆掉。"

"爸爸要这样的。"伯特流下了鼻涕,他一直用手背擦着它,然后在裤子上把手背擦拭干净。

"快来,伯特。"鲁明斯叫着,男孩爬到干草垛上,站在茅草被移开的地方。他拿着刀,开始用一个轻松的摆动——是锯东西的动作——向下切进压得严严实实的干草中,他双手握着刀柄,摇动身体,像是在用一把大锯子锯木头。我能听到刀刃切到干草时干脆利落的声音。随着刀子在草垛里越陷越深,这声音也越来越轻。

"克劳德准备在老鼠出来时给它们一枪。"

那人和男孩突然停下来,隔着马路看着克劳德,他手上拿着来复枪靠在红色的油泵上。

"告诉他,收起那该死的来复枪。"鲁明斯说。

"他是个好枪手,他不会射到你。"

"不许任何人射我身边的老鼠,不管他们是多好的枪手。"

"你这样会侮辱他。"

"告诉他把枪拿开。"鲁明斯说,语调缓慢而充满敌意,"我不会介意狗和棍棒,但要是我吃了枪子儿,我就完蛋了。"

他们两人在干草垛上看着克劳德按要求做了,然后他们重新默默无声地干他们的活。不久伯特就下去站在马车里,伸出双手从草垛里扯下一大堆紧实的干草,让它们整整齐齐地落在他旁边的马车上。

一只灰黑色的长尾巴老鼠,从干草垛底部蹿出来,跑进了树篱。

"一只老鼠。"我说。

"打死它,"鲁明斯说,"为什么你不用棍棒打死它?"

警报现在已经发出了,老鼠正在越来越快地跑出来,每分钟有一两只胖的或长身子的,当它们穿过草地跑进树篱时,身体贴近地面。不管什么时候，那匹马只要看见一只老鼠出来就会晃动耳朵，不安地用转动的眼睛跟着它。

伯特已经爬回到干草垛的顶上，正在切断其他的干草捆。我观察他，看见他突然停下来，犹豫了大约一秒钟，然后又开始切，但是这次很奇怪，现在我听到的是一种不同的声音，一种沉闷的、刺耳的声音，好像刀刃在什么硬物上摩擦。

伯特抽出刀子，检查刀刃，用他的拇指试它锋利与否。他把刀放回去，小心翼翼地把它放进切口中，轻轻地向下试探，直至又碰到了那坚硬的东西，当他小心地使出另一个轻轻锯的动作时，再一次传出了刺耳的声音。

鲁明斯转过头，看着身后的男孩。他在拿起一堆松散的稻草，双手抱着向前弯腰，但他突然又停住手中的活，看着伯特。伯特的双手握着刀柄，仍然是一脸的困惑。在他们身后，天空是一片淡淡的鲜蓝色，两个人影清晰地兀立在干草垛上，黑黝黝的，宛如一幅蚀刻画，映衬着苍白的天空。

然后我听到了鲁明斯的声音，比平时更响亮，带有一种明白无误的恐惧，这是声音再响也掩盖不了的。"如今，这些堆干草的人太粗心了，不知把什么东西落在干草堆里了。"

他停了下来，再次陷入沉默，两个人都没有动，马路对面，克劳德一动不动地靠在红色的油泵上。一下子变得如此安静，以至于我们能够听到山谷深处传来隔壁农场一个妇女的声音，呼唤男人们回去吃饭。

然后，鲁明斯又毫无必要地叫喊起来："继续，接着干！继续切下去，伯特！一根小木棒伤不了那把见鬼的刀！"

出于某种原因，克劳德好像是嗅出了什么麻烦，他慢步穿过马路加入了我，靠在栅门上。他什么也没说，但是我们两人似乎预感到什么事情将要扰乱这两个人，扰乱他们周围的这片宁静，特别是扰乱鲁明斯本人。鲁明斯被吓坏了，伯特也被吓坏了。此刻当我注视他们的时候，我开始意识到在我的记忆底层有一个小的模糊影子在晃动。我试着拼命回忆并死死抓住它。一度我几乎就要碰触到它，但它溜走了，当我追赶它时，我发现我自己也走进了回忆。我回到很多个星期之前，回到了泛黄的夏日，暖风从南边吹到山谷下面，高大的山毛榉树繁叶沉沉，田野变成了金色，收割、制备干草，堆干草垛——堆干草的建筑物。

我立刻感到一阵恐惧的电流流过我的胃壁。

是的——堆干草的建筑物。我们是什么时候堆建它的？六月里？是的，当然——六月里的一个闷热的日子，云朵低低飘过头顶，空气里弥漫着浓郁的雷电味。

鲁明斯那时说："看在上帝的分上，让我们在下雨前赶快把它做完。"

而奥利·吉米说："雨下不下来，也不用着急，你很清楚，当南边打雷时，它是不会越过山谷的。"

鲁明斯站在马车上拿出干草叉，没有回答他。他的心情焦躁不安，因为他急着要赶在下雨前把干草堆完。

"傍晚之前不会下雨。"奥利·吉米重复着。他看着鲁明斯，鲁明斯也反过来看着他，眼睛里闪动着积聚多时的怒火。

整个上午我们没有停歇地工作着，把干草装上马车，让马车缓慢地穿过田野，然后把它们扔到加油站对面慢慢增大的干草垛上，干草垛就矗立在栅门旁边。当雷声向我们袭来时，我们能够听出它来自南边，接着又消失了。然后它似乎回来停留在山那边的什么地方，间歇地隆隆作响。当我们抬头看的时候，可以看到头顶的云层在移动，在高空的大气湍流中改变着形状，但地面上却是又热又闷，没有一丝风。我们在高温中缓慢地、无精打采地干着活，汗水湿透了衬衫，脸上油光光的。

克劳德和我一起在鲁明斯旁边堆干草垛，帮着把它堆积成形，我记得当时天气非常热，苍蝇在我脸上飞来飞去，汗水流得到处都是；我尤其记得身旁鲁明斯那副愁眉不展的糟糕表情，他拼命地赶着，不时抬头注视天空，对人们叫喊加紧。

到了中午，尽管鲁明斯不高兴，我们还是停下来吃午饭。

克劳德和我陪同奥利·吉米一起坐在树篱下，还有一个名叫威尔逊的男子，是个回家休假的士兵，天气实在太热，所以我们没有太多的交谈。威尔逊有一些面包和奶酪，还有一壶冷茶。奥利·吉米有一个小背包，那是一个防毒面具的滤毒罐，六瓶一品脱[1]装的啤酒，竖直放着，紧紧挤在一起，瓶颈伸了出来。

"来吧。"他说。给我们每人一瓶。

"我倒是想跟你买一瓶。"克劳德说。他知道这个老人手头很拮据。

"拿着。"

"我必须付钱给你。"

"别犯傻了，喝了它。"

他是一个非常善良的老人，人又好又干净，有一张清洁的粉红色的脸，每天都修刮。他以前是一个木匠，但是在七十岁的时候他们辞退了他，那是好些年前的事了。然后村务委员会看他还有精

---

1 英美制容量单位，英制 1 品脱约等于 0.57 升，美制 1 品脱约等于 0.47 升。

力，给了他一份工作，照看新建的儿童运动场，维修它的秋千和跷跷板，使之保持良好状态，还充当一个温情的监督者，留心有没有孩子伤到或做什么傻事。

对于一个老人来说，这是个很不错的工作，每个人似乎都对这样的安排感到满意——直到一个星期六晚上。那天夜里奥利·吉米喝醉了酒，在大街的中央摇摇摆摆地走着，并用一种吼叫般的声音唱着歌，人们纷纷从床上爬起来，看下面是谁在喧闹。第二天他们解雇了他，说他是一个废物和酒鬼，不适合在运动场里和年幼的孩子相处。

但是后来有一件令人吃惊的事情发生了。他离开的第一天——那是个星期一——没有一个孩子走近运动场。

第二天也没有，第三天依然没有。

整个星期，秋千、跷跷板和高阶滑梯上冷冷清清，没有一个孩子走近它们。相反，他们跟着奥利·吉米出去，来到教区长住宅后面的田里，在他的监护下玩他们的游戏。这一切产生的结果是，过了一段时间，村务委员会别无选择，只好让老人回去工作。

如今他还拥有这份工作，他依然喝酒，没有人再对他说三道四。他每年仅有几天时间会离开他的工作岗位，就是在翻晒干草的季节。奥利·吉米一生都喜欢翻晒干草，现在还不打算放弃。

"你要来一瓶吗？"此时他拿出一瓶酒递给士兵威尔逊，并问道。

"不用，谢谢。我喝茶。"

"据说热天喝茶很好。"

"是的。喝啤酒让我想要睡觉。"

"如果你喜欢，"我对奥利·吉米说，"我们可以去对面的加油站，我会给你做几块很棒的三明治，你想要吗？"

"啤酒足够了。我的小伙子，一瓶啤酒里的食物比二十个三明治还多呢。"

他对我微笑着，露出两排淡红色的、上面没有牙齿的牙龈。这是一种和蔼可亲的笑容，那牙龈显露的样子一点也不让人讨厌。

我们在沉默中坐了一会儿。士兵吃完他的面包和奶酪，在地上躺下休息，把帽子向前倾斜，遮住了脸。奥利·吉米已经喝了三瓶啤酒，这时他把最后一瓶给了克劳德和我。

"不用了，谢谢。"

"不用了。对我来说一瓶就过量了。"

老人耸耸肩，旋开瓶塞，脑袋朝后仰起喝着，他的嘴唇张开，将啤酒倒进嘴里，所以液体流得很平稳，没有发出汩汩的声音就进入了喉咙。他戴着一顶既没有颜色又没有形状的帽子，当头向后仰的时候也没有掉落下来。

"难道鲁明斯不打算给那匹老马喝点水？"他放下了啤酒瓶问道，看着田野对面那匹拉车的大马，它正冒着汗气站在车辙中间。

"鲁明斯没给它水。"

"像我们一样，马也渴了。"奥利·吉米踌躇着，还在看着那匹马，"能从你们那边拿桶水来吗？"

"当然。"

"我们没有理由不去给那匹老马喂点喝的，对吗？"

"是个好想法，我们去给它拿点喝的。"

克劳德和我站起来，开始朝栅门走去，我记得我转身对老人喊着："你确定不要我带一块特棒的三明治给你吗？要不了多久的。"

他摇摇头，对我们挥挥瓶子，说他要打个盹。我们继续穿过大门，朝马路对面的加油站走去。

我猜想我们大概逗留了一个小时，应付顾客，自己吃了点东西，最后在我们回去时克劳德带上了水桶，我注意到干草垛至少堆到六英尺高了。

　　"拿一些水给老马喝。"克劳德说着，仔细看着鲁明斯。鲁明斯站在马车上，把干草扔到草垛上。

　　那匹马把头伸进水桶，像是怀着感激，咕噜咕噜地喝起了水。

　　"奥利·吉米在哪儿？"我问。我希望老人看到水，因为这是他的主意。

　　当我问的时候，有那么一个瞬间，一个很短的瞬间，鲁明斯在犹豫着，把干草叉举在半空，环顾着四周。

　　"我带给他一块三明治。"我又说。

　　"这该死的又老又傻的酒鬼，喝了太多的啤酒，跑回家去睡觉了。"鲁明斯说。

　　我沿着树篱走回到我们和奥利·吉米一起坐过的地方，五只空酒瓶放在那里的草地上。小背包也在那里。我拿起小背包回到鲁明斯那里。

　　"我不认为奥利·吉米回家了，鲁明斯先生。"我说着捏着背带把小背包举了起来。鲁明斯看了它一眼，但是并没有回答。因为雷声更近了，云层更黑了，天气比以往任何时候都更热了，他现在正忙得不可开交。

　　带着这只小背包，我回到加油站，待在那里度过了下午的其余时间，为顾客加油。到了傍晚，当雨来的时候，我看了一眼路的对面，注意到他们已经把干草全堆进去了，正用一块柏油帆布盖到干草垛上面。

　　几天以后，盖屋匠来了，把柏油帆布揭下，做了一个稻草顶。

他是个出色的屋顶匠，用长的稻草做了一个漂亮的顶，厚厚的，扎得很牢固。斜坡堆成很好的角度，边缘修剪得整整齐齐，无论是站在路上或站在加油站门口看它，都是一种乐趣。

所有这些景象现在都回到了我的脑中，就像是昨天一样——六月闷热雷雨天里的干草建筑物、黄色的田野、干草散发的木香味；脚穿网球鞋的士兵威尔逊，眼睛像被煮熟的伯特，有着干净老脸、粉红色裸牙龈的奥利·吉米；还有又胖又矮、站在马车上愁眉不展地看着天空的鲁明斯——因为他担心下雷雨。

此时此刻，就是这个鲁明斯，他又站在干草垛的顶上，双手抱着一堆稻草，在仔细看着他儿子——那个依然一动不动的高个子伯特，两个人都是黑色的，像是以天空为背景的剪影，我再一次感觉到一阵恐惧的电流像小波浪一样在我胃壁上来回翻动。

"继续，切断它，伯特。"鲁明斯说，声音很大。伯特在他的大刀上施以重压，发出一种高音调的刺耳声，好像刀刃锯过了什么坚硬的东西。从伯特的脸上可以很清楚地看出，他不喜欢他正在做的事情。

他花了好几分钟才把刀切下去——最后，又传来刀刃切割紧实干草的较轻的声音，伯特的脸转向他父亲，露出宽慰的笑容，傻傻地点着头。

"切下去，切断它。"鲁明斯说着，他依然不动。

伯特使出了垂直的第二刀，像第一次一样地深，然后他爬下去，抽动那捆干草，于是它像是一块蛋糕，干净利落地和干草垛的其余部分脱离开来，落进马车里他的脚边。

这男孩似乎立刻就僵住了，呆呆地盯着干草垛新露出来的地方，不敢相信，或者也许是拒绝相信这东西是被他一切为二的。

那是什么，鲁明斯，他知道得非常清楚，他转过身，迅速地从干草垛的另一边爬下来。他的动作如此之快，在伯特开始尖叫之前，他已跑出了栅门，穿过了马路的一半。

初收于《像你一样的人》1953

克劳德的狗：霍迪先生的考题

他们走出车子，进入霍迪先生家的前门。

"我有一个想法，爸爸今晚会非常尖锐地质疑你。"克拉丽斯在他耳边轻声说。

"克拉丽斯，会问什么？"

"不外乎老一套吧。工作和诸如此类的事情，以及你是否能以合适的方式养活我。"

"杰基就要披挂上阵了，"克劳德说，"杰基要是赢了，就再也不需要任何工作。"

"克劳德·库贝奇，你永远不要对我爸爸提到杰基，否则你将完蛋。如果世上有一件他不能容忍的东西，那就是狗。你永远不要忘了这点。"

"哦，老天。"克劳德说。

"告诉他一些其他的事情—— 任何事情—— 任何使他高兴的事情，懂吗？"说着她把克劳德引进客厅。

霍迪先生是个鳏夫，出言既呆板又酸臭，脸上永远是那副凡事不赞成的表情。他有像女儿克拉丽斯那样小而密合的牙齿，眼睛里也同样是怀疑和窥探的神情，但是没有她那样的鲜亮和充满活力，也没有她的温暖可人。他是一个酸苹果般的小个子男人，灰色的皮肤显得干瘪，大约仅存的十几根黑发横跨在头上光秃的圆顶上。但霍迪先生是个非常优秀的人，他担任一家杂货店的助理，工作时身穿清洁无瑕的白色工作衣，掌控着大量像黄油、砂糖这样的紧俏日用品，因此他深受村里家庭主妇的尊重，她们甚至无不对他笑脸相迎。

在这座屋子里，克劳德·库贝奇绝不会自由自在，这恰恰是霍迪先生想要的。他们在客厅里围着火坐着，手中拿着茶杯，霍迪先生坐在壁炉右边那张最好的椅子里，克劳德和克拉丽斯坐在沙发上，彼此礼貌地隔着一个宽宽的空间。小女儿埃达坐在左边一张又硬又直的椅子上，他们在火边围成了一个小圈，一个呆板的、气氛紧张的小圈，拘谨地喝着茶。

"霍迪先生，是的，"克劳德说，"您大可放心，现在戈登和我，有了很多挽起袖子干的好主意。仅有的问题是再花些时间，让我们来确定哪一个最合适。"

"什么样的主意？"霍迪先生问道，用他那双凡事不赞成的小眼睛盯着克劳德。

"哎呀，就是这样的，就是这样，你看。"克劳德不自在地在沙发上挪动着身子。他的蓝色休闲西装紧紧地绷在胸前，而他的裤子，特别是裤裆，也绷得特别紧，令他不堪忍受，他恨不得用力往下拽一拽他的裤子。

"你称为戈登的那个人，我想他目前有个颇赚钱的生意。"霍迪先生说，"他为什么想改变？"

"霍迪先生，绝对正确。那是个第一流的生意。但是，瞧，继续扩展是件好事，我们追求的是新思想，有些事情我也能参与并分享利润。"

"比如什么呢？"

霍迪先生正在吃一块葡萄干蛋糕，沿着它的边啃过去，他的小嘴巴就像毛毛虫的嘴，在叶子边缘咬出微小的弧形。

"比如呢？"他再次发问。

"关于各种各样的生意问题，在戈登和我之间，每天都会有长时间的交谈。"

"比如呢？"他穷追不舍，重复地问。

克拉丽斯在一边瞥了克劳德一眼，鼓励他说下去。克劳德把那双迟钝的大眼睛转向霍迪先生，陷入沉默。他希望霍迪先生不要这样摆布他，总是向他发问，瞪着眼看他，弄得他好像是个该死的副官似的。

"比如呢？"霍迪问。克劳德知道这一次不会让他轻易逃过去。同时他的直觉警告他，老人正试图制造一场危机。

"现在，"他做了个深呼吸，说道，"我真的不想在我们把事情完美勾画好之前来细说它。瞧，到目前为止，我们所做的就是把我们的想法在脑子里翻来覆去地盘点和完善。"

"我要问的是，"霍迪先生不耐烦地说，"你们筹划的究竟是哪一种生意？我猜想那该是很体面的生意吧？"

"对的，霍迪先生。您一点也不用去想我们会考虑任何不是绝对体面的生意，是吧？"

霍迪先生咕哝着，慢慢搅动他的茶，看着克劳德。克拉丽斯一声不吭，忧心忡忡地坐在沙发上，凝视着火苗。

"我从来不赞成去做生意。"霍迪先生宣称，为自己在这方面的失败辩护。

"一份体面的好工作是一个男人所希望的，在体面的环境里做一份体面的工作。在我看来，生意场上的欺诈太多了。"

"确实是这样。"克劳德说，现在他什么也不顾了，"我只是想为我妻子提供她想要的一切。一座居住的屋子、家具、花园、洗衣机，世界上所有最好的东西。那就是我的目标，依靠普通薪水这不可能实现，对吗？霍迪先生，除了做生意，否则不可能赚到足够的钱，您肯定同意我的看法吧？"

霍迪先生一辈子为一份普通的薪水工作，他的观点和这种观点大相径庭。

"你不认为我为家人提供了他们要的一切，请问是吗？"

"哦，是的，而且你提供得更多！"克劳德热切地大着嗓子说，"但霍迪先生，您有一份非常了不起的工作，这使得一切都不同了。"

"但是你们考虑的究竟是哪一类生意？"这个人决意要问个水落石出。

克劳德抿了一口茶，给自己再赢得一点时间，他忍不住想，如果他马上直截了当地告知真相，如果他这样说——霍迪先生，我们做的是什么，假如您真想知道，那就是两条狗，一条是另一条的完美替身，瞧，我们打算完成跑狗史上一个该死的最大的赌博——这老家伙的脸会怎样痛苦！看吧，如果他这样说了，他倒是会很有兴趣看那个老家伙脸上的反应。

现在他们都坐在那里等着他说下去，手中拿着茶杯注视着他，等他说出一些振奋人心的话来。"好。"他说，语速非常缓慢，因为他还在一边苦苦思索着，"长期以来，我一直在认真思考一些问题，一些甚至比戈登的二手车生意更赚钱的事情，或任何有关的其他事宜，实际上不涉及任何投资。"这样说比较好，他对自己说，就这样继续说下去。

"那是什么呢？"

"霍迪先生，它是如此奇怪的东西，一百万人中间没有一个人会相信的。"

"唁，那是什么？"霍迪先生轻轻地把杯子放在他旁边的小桌子上，探过身去听着。克劳德看着他，心里比任何时候更清楚，这个人和他的所有同类都是他的敌人。麻烦的就是这些霍迪先生，他们全是一丘之貉！他对他们洞若观火，他们的手清洁而丑陋，他们的皮肤呈灰色，他们的嘴巴散发出辛辣的臭味，他们的马甲下面挺着日益增大、又圆又鼓的小腹，他们那充满疑问的黑眼珠快速地转动着。哦，老天，这些霍迪先生！

"嘿，那是什么？"

"霍迪先生，坦白说，这绝对是一座金矿。"

"我听到了就会相信。"

"这是一件非常简单而令人惊奇的事情，甚至大多数人是不会费心去做的。"他现在想到了—— 一件他实际上深思熟虑多时的事情，一件他一直想要涉足的事情。他探过身子，把他的茶杯轻轻放在桌子上，放在霍迪先生的杯子旁边，然后，因为不知道手该做什么为好，就把它们放在自己的膝盖上，手掌朝下。

"好了，快说，小伙子，那是什么？"

"就是蛆。"克劳德轻声说。

霍迪先生猛地向后缩了一缩，仿佛有人把水喷到了他的脸上。"蛆！"他叫道，面带惊骇，"蛆虫？你究竟是什么意思，蛆？"克劳德全然忘了，这个词几乎在任何有自尊心的杂货商的店里是不宜提起的。埃达开始咯咯笑了起来，但克拉丽斯恶狠狠地瞪了她一眼，于是笑声从她嘴里消失了。

"钱就在那里，开办一家蛆虫工厂。"

"你是想搞笑吗？"

"霍迪先生，说实话，这听起来可能有点奇怪。原因很简单，因为您以前闻所未闻，但它确是一座小金矿。"

"一家蛆虫工厂！真的吗，库贝奇！请切合实际一些。"

克拉丽斯希望她父亲不要叫他库贝奇。

"您从未听说过蛆虫工厂吗，霍迪先生？"

"我当然没有！"

"现在已有蛆虫工厂在运作，是真正的大公司，有经理、董事，应有尽有，霍迪先生，您知道吗，他们正在大把大把地赚钱！"

"胡扯，年轻人。"

"您知道他们为什么生产蛆吗？"克劳德停住了，但此刻他没有注意到他的听众的脸色渐渐变成了黄色，"霍迪先生，这是因为对蛆的巨大需求。"

在这个当口，霍迪先生也在聆听另一个声音，那是他的顾客隔着柜台对他说话的声音——比如，脸上有棕色髭须的拉比兹太太，当他为她切一块配给的黄油时，拉比兹太太会这样大声地说："好啦，好啦，好啦。"现在他能听到她在说："霍迪先生，好啦，好啦。好啦，那么你的克拉丽斯上星期结婚了，是吗？我必须说，这非常好，霍迪先生，你说她的丈夫是做什么的来着？"

"他拥有一家蛆虫工厂，拉比兹太太。"

"不，谢谢。"他对自己说，用小而充满敌意的眼睛看着克劳德，"不，真的非常感谢。我不想说那事。"

"我不认为，"他神情严肃地宣布，"我曾经有过买蛆的需求。"

"霍迪先生，您现在说到了要点，我也没有买过，我们认识的许多人也从没买过。但是让我问您一些其他的东西，例如，您有多少次机会去买……冕形齿轮和小齿轮？"

这是一个机灵的发问，克劳德让自己慢慢露出一个淡然的微笑。

"这和蛆有什么关系？"

"恰恰有关系——瞧，某一种人买某一种东西。您这辈子从没有买过冕形齿轮和小齿轮，但是不等于说现在没有人因为制造它们而发家致富——因为确有其人。这和蛆是相同的道理！"

"你不介意告诉我吧，买蛆的讨厌鬼会是哪些人？"

"霍迪先生，买蛆的是钓鱼的人。是些业余的钓鱼爱好者，全国有成千上万的垂钓者，每个周末他们会去河里垂钓，他们全都需要蛆，也愿意为它们出个好价钱。星期天您可以在岸上顺着马洛河尽兴溜达，你会看见他们沿河排列着，一个挨一个地坐在两边的河岸上。"

"这些人不会买蛆。他们跑到花园底下挖蚯蚓。"

"霍迪先生，那正是您错的地方，如果您允许我这样说。那正是您绝对错的地方！他们想要的是蛆，不是蚯蚓。"

"既然这样，他们自己会养蛆。"

"他们不想自己养蛆，想象一下，星期六下午，你打算出去钓鱼，一个干干净净的上好的蛆虫罐头通过邮寄而来，你只需把它扔进你的钓鱼包就可以出发了。您觉得当他们要的蛆能像这样被送来，放在每家每户的阶梯上供他们做一两个时辰的鱼饵后，这些家伙还会出去挖蚯蚓和找蛆虫吗？"

"那么我要问，你打算怎样来经营你自己的蛆虫工厂呢？"当他说到"蛆虫"这个词时，好像正在从口中吐出一粒小的酸果仁。

"要在世上经营一家蛆虫工厂易如反掌。"克劳德现在越来越自信，对这个话题的谈兴也越来越浓了，"你只需要几个旧的油桶和几块腐烂的肉，或者一个羊头，你把它们放在油桶里就行了，这就是所有你需要做的事，其余的留给苍蝇去做。"

如果他一直盯着霍迪先生的脸看的话，他可能就会适时停住话头。

"当然，这不会像听起来那样容易，接下来你必须用特殊的营养物把蛆喂大，那是麸皮和牛奶。当蛆长得又大又胖时，把它们装入容积一品脱的罐子里，然后寄给你的客户。它们可卖到五先令一品脱，五先令一品脱！"他叫喊起来，拍着自己的膝盖，"霍迪先生，您想象一下，据说一只青蝇就可以轻轻松松产下二十品脱的虫卵。"

他又停顿了一会儿，但只是为了整理他的思路，因为现在已经没有什么能阻止他了。

"霍迪先生，还有一件事。您知道，一家好的蛆虫工厂不只是繁殖普通的蛆。每个垂钓者都有他自己爱好的钓饵，蛆是最普遍的，但是还有海蚯蚓。有些垂钓者除了海蚯蚓其他什么也不用。当然还有带颜色的蛆，普通的蛆是白色的，但是，瞧，你喂它们特殊的食物，可以使它们变成各种不同的颜色。红的、绿的、黑的，如果你知道该喂它们什么，你甚至能把它们变成蓝色。霍迪先生，在蛆虫工厂里最难办的事就是生产蓝蛆。"

克劳德停下来喘了一口气。他现在有一种幻觉——一种伴随他所有发财梦想而来的幻觉——一座巨大的工厂建造起来了，它有高高的烟囱，数百个快乐的工人尖叫着进入宽大的铁门，而克劳德自己则坐在他的豪华办公室里，从容淡定和信心满满地指挥工厂的运作。

"就在此时此刻，有头脑的人已经在研究这些问题，"他继续说，"所以，你得赶快投身进去，除非你想留在旁边坐冷板凳。霍迪先生，这就是大企业的秘诀：在其他人动手之前雷厉风行！"

克拉丽斯、埃达和她们的父亲一动不动地坐着，眼睛直视前方，没有人移动一下或说一句话，只有克劳德在滔滔不绝。

"在邮寄它们之前，只要确定一下蛆是活的就行了。看，它们必须在扭动。当我们真正开始，积累了一些资本后，那时我们就会建立一些暖房。"

克劳德又做了一次停顿，摸了摸他的下巴。"现在我估计你们都在惊奇，为什么要把暖房建在蛆虫工厂里呢？好吧，我来告诉你们，这是为了冬天的苍蝇。看吧，冬天最重要的是要照料好你的苍蝇。"

"库贝奇，谢谢，我想你讲得够多了。"霍迪先生突然说。

克劳德抬起头，他第一次看到了这个人脸上的表情，这使他戛然而止。

"我不想再听下去。"霍迪先生说。

"霍迪先生，我所努力做的一切，"克劳德喊着，"就是给您的小女孩她想要的每一样东西。霍迪先生，这就是我日思夜想的。"

"那么，我的所有希望是，你能够不依靠蛆来做到它。"

"爸爸！"克拉丽斯喊着，发出警告，"我实在无法让你这样跟克劳德说话。"

"谢谢，小姐，我会告诉他我的愿望。"

"我想，我该走了。"克劳德说，"晚安。"

初收于《像你一样的人》1953

搭车人

　　我有了一辆新车，这是一件让人兴奋的玩意儿，一辆大宝马3.3型，意味着排量三点三升，长轴距，喷射式燃油。这辆车的最高时速可达一百二十九英里，有良好的加速性能。车身是淡蓝色，里面深蓝色的座位是用质量上等的柔软真皮制成的。窗子是电动的，遮阳篷顶也是如此。当我打开无线电的时候，它的天线会突然弹出，关机时它又会缩回。慢速行驶时，强有力的引擎不耐烦地咆哮和咕哝着；但当到达每小时六十英里的速度时，它的咆哮就停止了，马达开始发出欢快的呜呜声。

　　我一个人驱车去伦敦。这是个可爱的六月天，人们在田野里翻晒干草，道路两边开着毛茛花。在轻微的噪声中我以七十英里的时速开着车，身体舒适地靠在座位上，仅用几根手指轻压在方向盘上保持它的稳定。我看见前面有一个人竖起拇指要求搭车。我脚踩刹车，让车子在他旁边停下，对搭便车者我素来是停车接纳的。我知道站在乡间道路边看着车辆从身边开过的那种感觉，我讨厌那些假装没有看见我的驾车人，特别是有着三个空座位的大车子。那些昂贵的大轿车很少停下来，让你搭车的多半是些较小的或锈旧不堪的车子，要不就是里面已经挤满了孩子，驾车人会说："我想我们能再挤上一个。"

这个搭车人把头伸进打开的窗子，说道："去伦敦吗，先生？"

"是的，"我说，"进来吧。"

他坐进来，我继续开车。

他是个满口灰牙、长着一张小鼠脸的男子，黑色的眼睛灵敏、机警，酷似鼠目，耳朵上方略略带尖，穿着一件大口袋的浅灰色外套。灰色的外套，加上骨碌碌转动的双眼和带尖的耳朵，让他看上去更像是某种巨大的人鼠。

"你去伦敦什么地方？"我问他。

"我要穿过伦敦，从另一边出去。"他说，"我去埃普索姆，因为赛马，今天是德比赛马日。"

"原来如此，"我说，"我希望和你一起去。我喜欢赌马。"

"我从不赌马，"他说，"甚至都不看它们赛跑，那是极愚蠢的事情。"

"那你为什么去那里？"我问。

他似乎不喜欢这个发问，小鼠脸显得毫无表情，坐在那里直视着前方的道路，没有搭理我。

"我猜你应该是去帮忙操作投注机或诸如此类的东西吧。"我说。

"那甚至更傻，"他回答，"操作这些破机器和卖门票给那些傻瓜毫无趣味，任何白痴都能去做。"

接下来是长长的沉默，我决定不再问他什么。我记起以往我搭便车的时候，当驾车人喋喋不休地对我提问时，我是多么恼火。你要去哪里？你为什么去那里？你什么职业？你结婚了吗？你有没有女朋友？你叫什么名字？你多大了？等等等等，不一而足。我以前很讨厌这些。

"抱歉,"我说,"其实你做什么不关我事。问题在于我是一个作家,大多数作家都喜欢刨根问底。"

"你写书吗?"

"写。"

"写书很好,"他说,"这是我所说的技术性职业,我也是做技术活的。我最瞧不起那些人,他们一辈子都在做肮脏的、一成不变的工作,根本用不着一点技能。你明白我说的吗?"

"我明白。"

"人生的奥秘,"他说,"就是游刃有余地做好非常非常难做的事情。"

"像你那样。"我说。

"确切地说,像你和我。"

"你为什么认为我是行业中的佼佼者?糟糕的作家比比皆是。"

"如果你不是干得出色,你不会开着这样的车到处跑,"他回答,"它肯定花了你不少钱,这个小玩意儿。"

"它不便宜。"

"开足马力的话,它有多快?"

"每小时一百二十九英里。"我告诉他。

"我敢打赌它达不到。"

"我赌它能。"

"所有的制造商都谎话连篇,"他说,"你可以买任何你喜欢的车,但它永远达不到车商在广告上吹嘘的性能。"

"这一辆能。"

"那么加快车速,来证明一下。"他说,"来吧,先生,加快速度，让我们看看它会怎样。"

在查尔方特圣彼得有一个环形交叉路口，紧接在它后面的是一段又长又直的双车道。我们开出了环形路口，上了双车道。我用脚向下压着油门，这辆大车子仿佛被弄痛了似的，猛地向前直冲。在十秒钟左右，我们的时速达到了九十英里。

"太爽了！"他喊着，"美妙至极！继续下去！"

我把油门踩得碰触到了地板，我让它保持在那个位置。

"一百！"他大声喊，"一百零五！……一百十……一百十五！继续，不要减速！"

我的车在外车道，我们飞快地超过了几辆车，它们好像停住不动似的——一辆绿色的宝马迷你、一辆奶油色的大雪铁龙、一辆白色的路虎、一辆后面载着集装箱的大卡车、一辆橙色的大众牌面包车……

"一百二十！"我的搭车人喊叫起来，双脚蹬上蹬下，"继续！继续！让它达到一百——二十——九！"

就在这一刻，我听见了警笛的尖叫声，它如此响亮，仿佛就在我的车内鸣叫。然后一个骑摩托车的警察突然在我们旁边的内车道出现，他超过我们，举起一只手示意我们停车。

"哎呀，天呐！"我说，"坏事了！"

当警察超过我们时，他的速度一定达到了一百三十英里左右，他花了很长时间才慢下来，最后，他停在路边，我停到他的后面。"我不知道警察的摩托车可以开得这样快。"我茫然地说。

"这一辆能的，"我的搭车人说，"它和你的车是同一个制造商，型号是宝马R90S，是路上最快的摩托。所以时下很风行。"

那个警察从摩托车上下来，竖起支车架让车子向一边斜靠着，然后脱下手套，仔细地把它们放到坐垫上。现在他是那样从容不迫，因为他很清楚，他已经让我们俯首听命了。

"这是个大麻烦了，"我说，"我可一点笑不出来。"

"别和他多嘴多舌，你明白吗？"我的同伴说，"坐着别动，保持沉默。"

那警察慢慢踏着步子向我们走来，就像是一个行刑者走近他的受刑人。他是一个挺着肚子的大胖子，蓝色的马裤紧裹着粗壮的大腿，护目镜翻到头盔上面，露出一张闷热中的宽阔红脸。

我们像是犯错的男学生，坐着不动，等着他的到来。

"小心这人。"我的搭车人轻声说，"看，模样凶恶，像个魔鬼。"

警察走到我开着的车窗旁边，把一只肉鼓鼓的手放在窗框上。"为什么这样赶呢？"他说。

"没有赶啊，长官。"我回答。

"也许车后面有个怀孕的妇女，你急着送她去医院，对吗？"

"没有，长官。"

"哦，也许你家里着火了，你得赶回家把家人从楼上救出来？"他的声音柔和得反常，满是嘲讽的意味。

"我家没着火，长官。"

"既然这样，"他说，"那就是你把自己搞得一团糟了，不是吗？你知道这个路段的最高时速限定多少？"

"七十。"我说。

"那么，你不介意确切地告诉我吧，现在你的车速是多少？"

我耸耸肩，什么话也不说。

当他接着说的时候，把声音拉得非常高，吓了我一跳。"每小时一百二十英里！"他咆哮着，"比限定的时速高出五十英里！"

他转过脸，吐出一大口浓痰，落在我的车身侧面，它开始在漂亮的蓝漆面上往下滑。然后他又转回脸，死死盯着我的搭车人。"你是谁？"他突然问。

"他是个搭车人，"我说，"我让他搭了车。"

"不是问你，"他说，"我问他。"

"我做了什么错事吗？"我的搭车人问，他的声音就像洗发乳一样柔软和油滑。

"很有可能，"那警察回答，"不管怎么说，你是一个证人，我马上就来处理你。驾驶执照。"他厉声说道，同时伸出了手。

我把我的驾照给了他。他解开束腰外衣左胸袋的纽扣，拿出令人望而生畏的罚款簿，仔细地从我的驾照上把姓名和地址抄下来，然后把驾照还我。他在车子前面踱着步，读出我车牌的号码，然后也把它写了下来，并填上日期、时间和我犯规的细节。然后他撕下罚单最上面的一联，但是在把它交给我之前，他检查清楚了显示在复写纸上的所有信息。最后，他把簿子放回外衣口袋，扣上纽扣。

"现在，轮到你了。"他对我的搭车人说，并绕到车子的另一边。他从另一只胸袋里掏出一本黑色的小记事本。"姓名？"他厉声问道。

"迈克尔·菲什。"我的搭车人说。

"住址？"

"伦敦市温莎巷十四号。"

"出示点什么给我，证明它是你的真姓名、真地址。"警察说。

我的搭车人摸着口袋，拿出他自己的驾驶执照。警察核对了姓名和地址后，把驾照还了他。"你的职业是什么？"他突然问。

"我是一个泥浆搬运工。"

"一个什么？"

"泥浆搬运工。"

"把它拼读出来。"

"H—O—D C—A—…"

"行了。我能问一下吗，泥浆搬运工是做什么的？"

"长官，泥浆搬运工是一个把水泥搬上梯子去给砖匠的人。而泥浆斗是运水泥的工具，它有一个长柄，头上有两块成角度的木板……"

"好了，好了。你的老板是谁？"

"没有，我失业了。"

警察把所有的信息都写在黑本子里了，然后把它放回口袋并扣上纽扣。

"回到警署，我会去查一查你的情况。"他对我的搭车人说。

"我？我犯了什么错？"这个鼠脸的搭车人问。

"我不喜欢你的脸，这就是原因。"警察说，"在我们的文件里，也许会在什么地方有它的照片。"他在车子周围踱着步，转回到我的窗口。

"我想你明白你有大麻烦了。"他对我说。

"是的，长官。"

"你很长一段时间不能再开这辆时髦车了，并不是我们处理完之后你就万事大吉。今后几年里，任何车你都不得驾驶，这兴许是件好事。此外，我希望他们把你关上一段时间。"

"你是说监狱？"我惊恐地问。

"没错，"他说着，嘴唇上带着嘲讽，"在牢房里，铁栅栏后面，和所有其他犯法的罪犯在一起，再加一个巨额罚款。对此，没有人会比我更高兴，我会在法庭见到你们，你们两个。你们会收到出庭的传票。"

他转身离开，向他的摩托车走去。他用脚让支车架弹回原位，把一条腿跨过车鞍，然后踢了一下起动机，呼啸着在路上驶离，消失在我们的视线中。

"哦！"我喘着气，"总算折腾完了。"

"我们被逮住了，"我的搭车人说，"我们被逮了个正着。"

"你是说我被抓住了。"

"没错，"他说，"现在你打算怎么办，先生？"

"我想直接去伦敦告诉我的律师。"我说着，发动汽车，继续行驶。

"你不用相信他对你说的进监狱的鬼话，"我的搭车人说，"他们不会因为超速把人关进牢房的。"

"你能肯定？"我问。

"我绝对有把握，"他回答，"他们能没收你的驾照，能给你一个天文数字的大罚款，但事情也就到此了结了。"

我如释重负。

"顺便问一下，"我说，"为什么你对他撒谎？"

"谁，我吗？"他说，"你凭什么认为我撒谎了？"

"你告诉他你是一个失业的泥浆搬运工，但是你告诉我你是在一个高技术的行业。"

"我是的，"他说，"但没有必要把所有的事情都告诉警察。"

"那么，你是做什么的？"我问。

"啊，"他俏皮地说，"我已经告诉你了，不是吗？"

"是什么让你羞于启齿吗？"

"羞于启齿？"他喊道，"我，对我的职业羞于启齿？"他说："我像世界上任何人一样为之感到骄傲。"

"那么你为什么不告诉我？"

"你们作家真是些爱打听隐私的人，对吗？"他说，"在答案水落石出之前，你是不会开心的，我说的对吗？"

"我真的一点也不在乎。"我言不由衷地告诉他。

他从眼角用小鼠般狡黠的眼光瞟了我一眼。"我觉得你很在乎，"他说，"从你的脸上我看得出，你认为我做的是某种很特殊的行当，你极想知道是什么。"

我不喜欢他这样揣摩我的内心。我保持安静，凝视着前方的道路。

"你也没猜错，"他继续着，"我是在一个非常特殊的行业。我的工作是所有行业中最最奇特的。"

我等着他说下去。

"你瞧，这也是我和你说话格外当心的原因。比如，我怎么知道，你不是另一个穿便服的警察。"

"我看上去像是警察？"

"不，"他说，"你不是，你不像，任何傻瓜都看得出。"

他从口袋里摸出一盒烟丝和一包卷烟纸，开始卷一支纸烟。我从一只眼睛的眼角看他，这个有相当难度的操作在他手中竟快捷得难以置信。大约不出五秒钟就卷好了，他用舌头沿着纸边舔了舔，把它粘住。然后，不知从何而来，他的手中突然出现了一个打火机。打火机蹿出了火焰，烟卷被点着，打火机随之消失了，这完全是一场精彩的表演。

"我从没见过有人这么快就能卷好一支烟。"我说。

"啊，"他说着深深吸了一口烟，"这么说，你注意到了。"

"我当然注意到了，这太棒了。"

他向后靠着，露出笑容。我注意到他如此迅速就卷好一支烟，这让他甚为得意。"你想知道我是怎么做到的吗？"他问。

"那么你说。"

"这是因为我有神奇的手指，我的这些手指，"他说着把两只手高高举在他的前面，"比世界上最好的钢琴家的手指都要更敏捷、更灵巧！"

"你是钢琴演奏家？"

"别傻了，"他说，"我看上去像个钢琴家吗？"

我瞥了一眼他的手指，它们的形状非常漂亮，如此纤细、修长、优雅，似乎和他的其余部分根本对不上号。它们看上去更像是脑外科医生或钟表匠的手指。

"我的工作，"他继续说，"比弹奏钢琴难上一百倍。弹钢琴是任何笨货都能学会的玩意儿，现今，你走进任何一所屋子，里面几乎都会有小毛孩在学弹钢琴，对吗，没错吧？"

"或多或少吧。"我说。

"这当然没错。但在一千万人之中，没有一个人学得会我做的事情。一千万个人之中没有一人！怎么样？"

"很神奇。"我说。

"你说得非常对，这很神奇。"他说。

"我想，我知道你是做什么的了，"我说，"你是玩戏法的，你是个魔术师。"

"我？"他轻蔑地哼了一声，"魔术师？你能想象我到处去参加那些无聊的儿童派对，从帽子里变出兔子吗？"

"那么你是一个纸牌玩家。你让人们加入纸牌游戏，给自己发一手好牌。"

"我！一个下流的赌牌骗子？"他喊道，"那无疑是一种卑鄙的勾当。"

"好吧，算我没说。"

我现在让车子慢速行驶，每小时不超过四十英里，以保证不会再被阻拦。我们上了连接伦敦和牛津的主干道，正下坡向德纳姆而去。

突然，我的搭车人手上举起一根黑色的皮带。"这东西以前你见过吗？"他问。那根皮带上有一个设计独特的铜扣。

"喂！"我说，"那是我的，是吗？那是我的！你从哪里拿到的？"

他咧开嘴巴笑了，来回轻轻挥动着皮带。"你认为我是从哪儿拿的？"他说，"当然是从你裤腰上解下的。"

我向下伸手去摸我的皮带，它没有了。

"你是说在我们开车的时候，你把它从我身上拿走的？"我问，惊得目瞪口呆。

他点点头，用那双黑色的小鼠眼久久地看着我。

"这不可能，"我说，"你必须解开搭扣，然后把整条皮带从裤腰的环里一路滑出来。这瞒不过我的眼睛，即使没有看到你下手，我也会感觉到。"

"啊，但你没感觉到，对吗？"他得意扬扬地说。他让皮带落到他的膝盖上，这时，出人意料地从他手指里悬下一根棕色的鞋带。"那么，这是什么？"他大声叫嚷着，舞动着鞋带。

"那是什么？"

"这里有人丢了一根鞋带吗？"他问，然后咧开嘴笑着。

我朝下瞄了一眼我的鞋子，一只鞋上的鞋带没有了。"天呐！"我说，"你怎样做到的？我没见你弯下过身子。"

"你什么都没有看到，"他自豪地说，"你甚至都没有看到我动一下，你知道为什么？"

"是的，"我说，"因为你有神奇的手指。"

"对极了！"他喊着，"你的脑子一点就开窍，我说的对吗？"他身子后靠，在他自卷的纸烟上吸了一口，吐出一股细细的烟雾冲上挡风玻璃。他知道他用这两招给我留下了深刻的印象，这让他非常高兴。"我不想迟到，"他说，"什么时候了？"

"你前面有钟。"我告诉他。

"我不相信车上的钟，"他说，"看看你手表上的时间？"

我撸起袖子看我手腕上的表，它失踪了。我看着那个人，他转过头对着我，露齿而笑。

"也被你拿走了。"我说。

他伸出手，我的表正在他的手掌中。"这是件好东西，"他说，"上等货，十八克拉金。也很容易脱手，处理高档货物从来不是什么难事。"

"如果你不介意，我想还是赶快把它还我。"我面有愠色地说。

他小心翼翼地把那只表放在他前面的皮革托盘上。"我不会从你这儿捞任何东西的，先生。"他说，"你是我的朋友，你让我搭了车。"

"很高兴听你这样说。"我说。

"所有我做的这些都是为了回答你的问题，"他继续说，"你问我以什么为生，我正在展示给你看。"

"你还拿了我什么？"

他再次露出笑容，这时他开始从他的外套口袋掏出一件又一件属于我的东西——我的驾照，吊着四把钥匙的一个钥匙环，几英镑纸币，几个硬币，一封我的出版商的来信，我的日记本，一支又短又秃的旧铅笔，一只香烟打火机。最后，是一只漂亮的老式蓝宝石戒指，上面镶有几颗珍珠，是我妻子的，我带着这只戒指去找伦敦的珠宝商，因为它脱落了一颗珍珠。

"现在还有一件可爱的物品，"他说着用手指把戒指翻过来，"它是十八世纪的，如果我没有弄错，属于乔治三世统治时期。"

"你说的对，"我深为感动地说，"千真万确。"

他把戒指和其他东西一起放在了皮革托盘上。

"那么，你是个扒手。"我说。

"我不喜欢这个词，"他回答，"这是一个低级而粗俗的词，扒手是些低级而粗俗的家伙，他们仅仅干些简单的外行活，他们只会偷瞎眼老太婆的钱。"

"那么，你称自己什么呢？"

"我？我是一个手指匠，我是一个专业的手指匠。"他说这话的时候表情庄严而自豪，仿佛在告诉我他是皇家外科学院的院长或坎特伯雷大主教。

"我以前从没听到这个词，"我说，"是你发明的？"

"我自然发明不了它，"他回答，"这个称号只适合该行业的顶级人物。例如，你听说过金匠和银匠，因为他们是金、银方面的行家。我是手指方面的行家，所以我是一个手指匠。"

"这想必是一份有趣的工作。"

"它是一份神奇的工作，"他回答，"让人心旷神怡。"

"这就是你去看比赛的原因？"

"赛马大会是最容易得手的，"他说，"你只需在赛马后懒懒散散地消磨时间，看着那些幸运者排着队去取钱。当你看见有人领到一大沓钞票时，就跟在他后面，伺机下手。但不要误会我，先生。我从来不偷输家，也不偷穷人。我只跟踪承受得起的人，赢家和富人。"

"你想得可真周到。"我说，"你多久会被抓到一次？"

"抓？"他大声喊着，"我被抓到？只有扒手才会被抓。手指匠从不会。听好了，如果我高兴的话，我甚至能取走你嘴里的假牙而不被你逮住！"

"我没有假牙。"我说。

"我知道你没有，"他回答，"否则，我早把它们取出来了！"

我相信他。他的这些纤细的长手指似乎无所不能。

我们在车子的前行中沉默了好一会儿。

"那个警察打算对你进行彻底调查，"我说，"你不担心吗？"

"没有人会查我。"他说。

"他们当然会。他把你的姓名和地址都详详细细写在他的黑本子上了。"

这个人又对我狡黠地、贼里贼气地微微一笑。"啊，"他说，"他是这样做了，但我敢打赌，他没有把这所有的写进他的记忆里。有些人甚至记不住自己的名字。"

"这和记忆有什么相干？"我问，"都被写在他的簿子里了，不是吗？"

"是的，先生，没错。但问题是，他把那簿子丢了，他丢掉了两本簿子，一本上面写有我的名字，一本写有你的名字。"

这个人用他修长而优雅的右手手指，扬扬得意地举起了两本他从警察口袋里拿走的簿子。"这是我做过的最容易的工作。"他骄傲地宣布。

我差一点让车子偏离车道撞上一辆牛奶色的卡车，我实在太兴奋了。

"现在，那个警察对我们俩一无所知。"他说。

"你是个天才！"我喊了起来。

"他没有了姓名，没有了地址，没有了车牌号码，什么都没有了。"他说。

"你太了不起了！"

"我想你最好赶快离开这条主干道，越快越好，"他说，"然后我们最好生起一堆小篝火，把两本簿子烧了。"

"你是个神奇的家伙。"我激动地喊着。

"谢谢你，先生。"他说，"被人夸赞心里总是美滋滋的。"

初刊于《大西洋月刊》1977.8

外科医生的钻石奇案

"你已经非常好了，"罗伯特·桑迪说，他坐在自己的办公桌后面，"这是一个很完美的康复，我不认为你有必要再来看我。"

病人穿好了衣服，对外科医生说："我可以和你再谈一会儿吗？"

"当然可以，"罗伯特·桑迪说，"坐吧。"

那个人在外科医生对面坐下，身子前倾，两只手掌心朝下地放在办公桌的桌面上。"我想你还是拒绝收费吧？"

"我从来没有收过费，我不想人生到了这个阶段再改变我的作风。"罗伯特·桑迪和颜悦色地告诉他，"我在全心全意为国民保健署工作，他们付给我很合理的薪水。"

罗伯特·桑迪，文学硕士，外科硕士，皇家外科医师学会会员，已在牛津的拉德克利夫医院工作了十八年。他现年五十二岁，有妻子和三个已经成年的孩子。不像他的很多同事，他不屑于追求名利和财富，本质上是个淳朴的人，尽忠职守。

自从他的病人—— 一个大学生—— 被救护车送进急诊室以来，已经七个星期了，他在距医院不远的班伯里路遭遇了一场严重车祸，腹部受到重创，不省人事。当急诊室为了外科急救手术打电话来的时候，罗伯特·桑迪正在拿着杯子喝茶，此前，他经过了一个上午相当紧张的工作，其中包括一个胆囊手术、一个前列腺手术、一个完整的结肠造口手术，但是因为某种原因，在那个当口，他恰巧是唯一在场的普通外科手术医生。他又喝了一口茶，然后径直走进手术室，把手和胳膊再上下下擦洗了一遍。

三个半小时以后，手术台上的病人还活着，罗伯特·桑迪竭尽所能，做了为拯救他生命该做的每一件事。第二天，令外科医生大为惊讶的是，这个人显示出有望存活的迹象。此外，他的意识是清楚的，说话也有条不紊。在手术的第二天早上，直到那时，罗伯特·桑迪才开始意识到他手中的病人不是等闲之辈。因为，三个有身份的沙特阿拉伯绅士，包括大使在内，来到了医院，他们首先想做的就是从哈利街召集各个方面著名的外科医生来为这个病例会诊。病人摇着头，轻声用阿拉伯语和大使说着话，他的床边挂着药瓶，身上很多地方都插着管子。

"他说他只想由你来照料他。"大使对罗伯特·桑迪说。

"很欢迎你们选择任何专家前来会诊。"罗伯特·桑迪说。

"如果他不想我们这样做，那就不必了，"大使说，"他说你拯救了他的生命，他绝对相信你，我们必须尊重他的意愿。"

然后大使告诉罗伯特·桑迪，他的病人正是具有王室血统的王子，也就是说，是沙特阿拉伯现任国王众多儿子中的一个。

几天以后，当王子的名字从病危名单中剔除时，大使馆试图再一次劝说他做个变动。他们希望把他转入一家只收自费病人的豪华医院，但王子不同意。"我要留在这里，"他说，"因为这个外科医生救了我的性命。"

罗伯特·桑迪因为他的病人对他寄予的信任而深受感动，在整个一周又一周的漫长恢复中，他尽了自己最大的努力，以确保不辜负病人的信任和重托。

现在，在诊察室里，王子说："桑迪先生，我希望你允许我为你做的一切支付费用。"这个青年人已经在牛津生活了三年，他知道得很清楚，在英国，外科医生总是被称为"先生"而不是"大夫"。"桑迪先生，请让我付给你钱吧。"他说。

罗伯特·桑迪摇摇头。"我很抱歉，"他回答说，"但我还是必须说不行。这是我个人的一个准则，我不会违背它。"

"但我才不管它，你救了我的命。"王子说着用手掌轻轻拍着办公桌。

"我并不比其他高明的外科医生做得更多。"罗伯特·桑迪说。

王子把双手从桌上拿开，紧扣在自己的膝盖上。"好吧，桑迪先生，虽然你拒绝收费，但你当然没有理由拒绝我父亲送你一件小礼物以表达他的感激。"

罗伯特·桑迪耸耸肩。心存感激的病人经常送他一箱威士忌或一打葡萄酒，他善解人意地接受了这些东西。虽然他从不指望它们，但收到这些东西时他十分高兴，这是病人在用一种非常美好的方式说谢谢。

王子从他的外衣口袋里拿出一个用黑丝绒做的小袋子，把它推到办公桌对面。"我的父亲，他要我告诉你，他对你做的一切是多么感激不尽。他嘱咐我，不管你收不收钱，都要确保让你收下这件小礼物。"

罗伯特·桑迪疑虑地看看这个黑色的袋子，但没有动手去拿。

"我的父亲，"王子继续说，"还要我告诉你，在他眼中我的生命是无价的，用世界上任何东西都不足以回报你对它的拯救。这仅仅是一个……怎么说呢……给你下一个生日的礼物，一个小小的生日礼物。"

"他不用给我任何东西。"罗伯特·桑迪说。

"请看看它。"王子说。

外科医生小心翼翼地拿起袋子，松开袋口的丝线。当他把它倒过来的时候，一个冰白色的东西掉在了原木桌面上，亮起了一道耀眼的闪光。这块宝石差不多像一颗腰果那么大，或许要再大一点，从头到尾大概有四分之三英寸长，它是梨形的，窄的那端有一个很尖锐的点，它的很多棱面都在美妙无比地闪动着光芒。

"太让我吃惊了，"罗伯特·桑迪说，他看着它，但仍然没去碰触它，"这是什么？"

"这是一枚钻石，"王子说，"纯白色，不是特别大，但颜色是上乘的。"

"我真的不能接受这样一件礼物，"罗伯特·桑迪说，"不能，这是不对的。它肯定价值不菲。"

王子对他露出笑容。"桑迪先生，我必须告诉你一些事情，"他说，"没有人能拒绝一个国王的礼物，这会是一个极大的侮辱，从来没有过先例。"

罗伯特·桑迪把目光转回到王子身上。"哦，亲爱的，"他说，"你让我很尴尬，不是吗？"

"一点也不，"王子说，"你就收好吧。"

"你可以把它送给医院。"

"我们已经对医院捐了款，"王子说，"请收下它，不只是为了我父亲，而且也是为我。"

"你很友善，"罗伯特·桑迪说，"那么，好吧。但我觉得很不好意思。"他拿起钻石放在一只手掌里。"我们家以前从没有过钻石,"他说,"天啊,它真漂亮,是吗?请你一定向陛下转达我的谢意,告诉他我会永远珍惜它。"

"实际上你不必一直留着它,"王子说,"如果你把它卖了,我父亲丝毫不会在意,谁知道,说不定哪一天你会需要一点零用钱呢。"

"我觉得我不会卖掉它,"罗伯特·桑迪说,"它太可爱了,也许我可以把它做成我妻子项链上的吊饰。"

"多么美妙的想法,"王子说着从椅子上站起来,"请记住我之前对你说的,邀请你和你妻子在任何时候来我国访问。我父亲会高兴地欢迎你们俩。"

"他太慷慨大度了,"罗伯特·桑迪说,"我不会忘记的。"

王子走后,罗伯特·桑迪又拿起钻石,神情迷醉地察看它,它美得让人眼花缭乱,当他轻轻将它从手掌的一边移到另一边时,它的一个个棱面接连不断地受到了窗外的光照,反射出蓝色、粉红色和金色的光芒,非常耀眼。他看了看手表,三点过了十分钟,一个想法闯入他的脑中。他提起电话,问他的秘书这天下午是否还有其他紧急的事要做。他对她说,如果没有,那么他想也许他可以早点走了。

"都是些可以等到星期一再做的事。"秘书说道,她感到很难得,这个最勤勉的人居然出于某种特殊原因想回家了。

"我有些自己很想做的事。"

"桑迪先生,你走吧,"她说,"周末尽量休息一下,星期一见。"

在医院的停车场里,罗伯特·桑迪解锁了他的自行车,骑上它向伍德斯托克路驰去。他每天都骑自行车上班,除非天气恶劣,这让他保持好的体形,也意味着他的妻子可以使用那辆车。没有什么可以奇怪的,牛津有一半人骑自行车。他转弯进入伍德斯托克路向高街而去。城里唯一令人称道的珠宝商的店铺在高街，就在这条街右边的半道当中，他名叫 H.F. 戈尔德，店的橱窗上方这样写着，大多数人知道 H 代表哈里。哈里·戈尔德珠宝店开在那里已经很久了，但罗伯特几年前才进去过一次，为的是给女儿买一只小手镯作为坚信礼的礼物。

他把自行车停靠在店外的路肩上，然后走进店去。柜台后面一个女人问他有什么需要帮助。

"戈尔德先生在吗？"罗伯特·桑迪问。

"是的，他在。"

"如果可以，我想和他私下见几分钟，我的名字是桑迪。"

"请等一下。"那女人消失在后面的一扇门里，半分钟之后回来说，"请这边走。"

罗伯特·桑迪走进一间大而凌乱的办公室，在一张双人办公桌的后面，坐着一个上了点年纪的小个头男子。此人蓄着灰色的山羊胡子，戴着金属框眼镜，当罗伯特走近时他站了起来。

"戈尔德先生，我叫罗伯特·桑迪，是拉德克利夫医院的外科医生，不知你能否帮我。"

"我会尽我所能，桑迪先生，请坐。"

"好吧，这是一个离奇的故事，"罗伯特·桑迪说，"我最近为一个沙特王子做了手术，他在摩德林学院读三年级，遭遇了一场严重车祸。现在他，更确切地说是他父亲，送我一枚看上去非常美的钻石。"

"太令我震撼了，"戈尔德先生说，"多么激动人心。"

"可我不想接受，恐怕这或多或少是有点强加给我的。"

"你是想让我看一看？"

"正是，我是这么想的。你看，我一点也不知道它是值五百英镑还是五千英镑，我得知道它的大致价值，这才是最合情合理的。"

"你当然应该知道，"哈里·戈尔德说，"很乐意为你尽力。这么多年来，拉德克利夫医院的医生们给过我很多帮助。"

罗伯特·桑迪从口袋里拿出那只黑袋子，把它放在桌子上。哈里·戈尔德打开袋子把钻石倒入手中。当宝石落进他的掌心时，有那么一刻，这个老人似乎僵住了。当他坐在那里凝视着面前这耀眼的华美之物时，他的整个身体一动不动。然后，他慢慢站了起来，走到窗前，举起宝石，这样，日光正好照在它上面，他用一个手指把它翻过来。他一句话也没说，表情始终没有改变。他拿着钻石又回到他的办公桌边，从一只抽屉里拿出一张清洁的白纸，他稍微折了一下纸，把钻石放在折痕里，然后走回窗口，站在那里足足有一分钟之久，察看着放在白纸折痕里的钻石。

"我在看它的颜色，"他最后说道，"这是首先要做的。人们总是把它靠在一张白纸的折缝上这样看，最好是在北窗。"

"这扇窗朝北吗？"

"是，它朝北。桑迪先生，这颗钻石的颜色漂亮极了，是我见过的最美的 D 色[1]。行业里，把品质最好的白色称为 D 色。有些地方称它为'River'，多半是在斯堪的纳维亚半岛。外行则称它为'蓝白'。"

"在我看来它并不是很蓝。"罗伯特·桑迪说。

"最纯的白里总是带有一丝蓝色。"哈里·戈尔德说，"这就是为什么过去人们总爱把一只蓝袋子放在洗涤水里，这样会使衣服更

---

1 白钻颜色等级中最高的一级，完全无色。

白一些。"

"啊，是的，那当然。"

哈里·戈尔德走回他的办公桌，从另一只抽屉里拿出一个带罩盖的放大镜。"这是十倍的小型放大镜。"他说着把它举高了一点。

"你叫它什么？"

"小型放大镜，这是仅供珠宝商使用的放大镜。用这个，我能找出钻石的缺点。"

哈里·戈尔德再一次回到窗边，用这只十倍放大镜，开始对钻石做了一会儿检查。他一只手上拿着放有钻石的纸张，另一只手拿着放大镜。整个过程大概持续了四分钟，罗伯特·桑迪看着他，一声不吭。

"根据我的判断，"哈里·戈尔德说，"简直完美无缺，确是一枚极品钻石。质地无可挑剔，切割十分完美，虽然肯定不是时髦的。"

"像这样的钻石大约有多少个切面？"罗伯特·桑迪问。

"五十八个。"

"你是说你知道得很清楚？"

"是的，准确无误。"

"天呐，你能说出它的大概价值吗？"

"一枚像这样的钻石，"哈里·戈尔德一边说着，一边把它从纸上拿下来放在掌心，"一枚像这样大小和净度的 D 色钻石，它的贸易价一般控制在每克拉两万五千到三万美元之间，在商店买会让你花双倍的钱，零售市场的价格可高达每克拉六万美元。"

"天呐！"罗伯特·桑迪喊着跳了起来。这个小个子珠宝商的话像是把他从椅子上一推而起，他站在那里，惊呆了。

"现在，"哈里·戈尔德说，"我们必须准确地测定它的重量是多少克拉。"他走到一个架子旁边，架子上面有一台小的金属仪器。"这是一台电子天平。"他说着，滑开一扇玻璃门，把钻石放到里面，转动了两个旋钮，然后读了刻度盘上的数字。"它的重量是十五点二七克拉，"他说，"也许你会感兴趣，它的贸易价格是五十万美元，如果你到商店里去买，会超过一百万美元。"

"你让我很紧张不安。"罗伯特说，然后激动地笑了起来。

"如果我有它，"哈里·戈尔德说，"我也会紧张的。桑迪先生，你还是坐下吧，这样你不至于昏倒。"

罗伯特坐下来。

哈里·戈尔德慢慢让自己坐进那张大双人办公桌后面的椅子里。"桑迪先生，这是一个难得的机会，"他说，"我也很少有幸能给人一个如此精彩的震惊，我甚至比你更高兴。"

"我实在太震惊了，以至于还没好好欣赏它呢，"罗伯特·桑迪说，"给我点时间恢复一下。"

"听着，"哈里·戈尔德说，"沙特国王少有如此慷慨，你救了青年王子的性命？"

"是的，我想是我救了他。"

"原来如此！"哈里·戈尔德把钻石放回到他桌上那张白纸的折缝里，他坐在那里，用一个人审视自己钟爱之物的眼光看着它，"我猜这枚钻石是来自沙特阿拉伯老国王伊本的珍宝箱。如果是这样，那么行业里绝对没有人见识过它，这甚至会更令人向往了。你打算卖掉它吗？"

"哦，老天，我真不知道我想用它做什么，"罗伯特·桑迪说，"来得如此意外，让我不胜困惑。"

"也许我可以给你一些建议。"

"请说。"

"如果你准备卖了它，你应该用拍卖的方式。一枚像这样罕见的钻石会引起很多人的兴趣，富有的私人买家肯定会争相前来参与竞拍。如果你还能为它做一个广告，告诉人们它直接来自沙特王室，那么价格将会冲天。"

"你对我太好了，"罗伯特·桑迪说，"我决定出手的时候，会首先来听取你的意见。但是请告诉我，一颗钻石在商店里的价格真的是贸易价的两倍？"

"我本不该告诉你这些，"哈里·戈尔德说，"但这恐怕是的。"

"所以如果到邦德街或任何其他类似的地方去买，付出的其实是它本身价值的两倍？"

"这或多或少是对的。有很多年轻的女士，她们在转卖绅士们送的珠宝时会大受打击。"

"所以钻石不是女人最好的朋友？"

"它们仍然是非常让人舒心的东西，"哈里·戈尔德说，"就像你刚才发现的。但对外行来说，它们通常不是一项好的投资。"

在店外的高街上，罗伯特·桑迪骑上自行车向家里驶去，他觉得自己完全处于头重脚轻的状态，好像刚独自喝完整整一瓶上好的葡萄酒。瞧他那模样，实实在在的老罗伯特·桑迪，安详而理性，正骑着自行车经过牛津的街道，而他的旧花呢外衣口袋里装着五十多万美元！这很疯狂，但却是千真万确的。

大约在四点半，他回到自己位于阿卡恰路的家，他把自行车停到车库里，在汽车的旁边。突然，他发现自己在沿着通往前门的那条窄窄水泥路跑着。"快停住！"他大声说，并赶紧停了下来，"冷静一点，你要好好跟贝蒂说，慢慢让她明白是怎么回事。"但是，噢，他恨不得立刻就把这个消息告诉他可爱的妻子，想看看在他向她讲述自己下午的整个故事时她的脸。他在厨房里找到了她，她正把一些装着自制果酱的瓶子收拾到一只篮子里。

"罗伯特！"她喊着，就像平时看见他那样满心欢喜，"你提早回家了！太好了！"

他吻了她，说道："我是早了点，对吗？"

"你没忘记我们打算去伦肖家过周末吧？我们得赶快动身。"

"我忘了，"他说，"或者没忘吧，也许这就是我早回家的原因。"

"我想带一些果酱给玛格丽特。"

"好，"他说，"非常好，你给她一些果酱。给玛格丽特一些果酱是个很好的主意。"

他此刻的一举一动有些奇怪，让她忍不住转过身来盯着他。"罗伯特，"她说，"发生了什么？事情有点不对劲。"

"给我们俩各倒上一杯，"他说，"我有一点新闻要告诉你。"

"哦，亲爱的，不是什么坏事，对吗？"

"不是，"他说，"是些有趣的事情，我想你会喜欢听。"

"你做了头部手术！"

"比那更有趣，"他说，"赶快，一人一杯烈酒，然后坐下，我来告诉你。"

"现在喝酒有点过早，"她说着，但她还是从冰箱里拿出制冰块的盘子，开始为他调配威士忌和苏打水。她做的时候一直紧张地抬头看他。她说："我想我以前从未见你这般模样，你因为一些事情而激动不已，但又想故作镇静。你的整个脸都红了，你肯定那是好消息吗？"

"我想它是，"他说，"但我要让你自己来判断。"他在餐桌边坐下，看着她把装有威士忌的玻璃杯放在他的面前。

"好了，"她说，"说吧，告诉我。"

"你先喝上一杯。"他说。

"我的老天，到底是什么？"她说着。但当她往一只杯里倒了一些杜松子酒，正要伸手去拿制冰盘时，他说："再多一些，喝点好的烈酒。"

"现在我好着急。"她说，但照他说的做了，然后加了冰块，在杯子里倒满了汤力水。"行了，"她说，就着桌子在他身旁坐下，"可以一吐为快了。"

罗伯特开始把他的故事告诉她。从王子在诊察室里开始讲起，叙述得又详尽又生动，以至于足足花了十分钟才说到钻石。

"这一定是个弥天大谎，"她说，"吹得你满脸通红，一副滑稽模样。"

他把手伸进口袋，摸出一个小黑袋子，把它放在桌上。"这就是，你觉得怎样？"

她解开丝线，把钻石倒在手上。"噢，天啊！"她喊着，"这绝对让人昏倒！"

"是的，确实如此。"

"太惊人了。"

"我还没有告诉你完整的故事。"他说。当他妻子把钻石从一只手掌滚落到另一只手掌时，他继续告诉她在高街造访哈里·戈尔德的经过。在说到那个珠宝商开始谈论价值的节骨眼上，他停住了，他说："那么你猜他说这值多少？"

"非常大的数目，"她说，"这是必然的，我的意思是只要看看它就知道！"

"那么快点，猜猜看，值多少？"

"一万英镑。"她说，"我真的想不出别的了。"

"再试试。"

"你是说，还要多？"

"是的，比这多得多。"

"两万英镑！"

"如果值那么多，你会紧张吗？"

"当然，亲爱的，我会的。它真的值两万英镑吗？"

"值！"他说，"还要更多。"

"罗伯特，别像讨厌鬼一样。快告诉我戈尔德先生说什么。"

"再喝一杯杜松子酒。"

她依着他喝了，然后把杯子放下，看着他，等他说下去。

"它们至少值五十万美元，而且很可能超过一百万。"

"你在开玩笑！"她说话时发出一种喘息的声音。

"这种形状叫作梨形，"他说，"在这头的地方收成一个点，像针一样尖。"

"我完全惊呆了。"她说着，一边还在喘气。

"你不会想到值五十万，是吧？"

"我这辈子从来没想到过这些数字，"她说，然后站起来向他走去，给了他一个大大的拥抱和热吻，"你真的是世界上最神奇和了不起的男人！"她喊着。

"它惊得我不知所措，"他说，"到现在都没缓过来。"

"噢，罗伯特！"她喊道，用一双星星似的明亮眸子看着他，"你明白这意味着什么吗？它意味着我们能让黛安娜和她丈夫搬出那个可怕的狭小公寓，给他们买一座小住宅！"

"天呐，你说的对！"

"我们能买一套得体的公寓给约翰，给他更好的资助，让他顺利上完医学院！而本……本用不着整个冰封的冬天都骑摩托车去上班。我们可以给他一些更好的。还有……还有……还有……"

"还有什么？"他问，面带笑容地看着她。

"还有你和我能好好地度一次假，去我们想去的地方！我们可以去埃及和土耳其，你可以访问巴勒贝克和其他这些年来你渴望去的地方！"展望梦想中的那些小小乐事，使她兴奋得气喘吁吁，"对生活中遇到的真正好东西，也能开始做一次收集！"

自从学生时代起，罗伯特·桑迪就热衷于研究意大利、希腊、土耳其、叙利亚和埃及等地中海国家的历史，他让自己成为了洞悉世界上各种古代文明的专家。他是通过阅读、学习，以及在有时间的情况下参观大英博物馆和阿什莫尔博物馆来实现的。但由于他有三个孩子要受教育，加上他那份工作所获取的薪水也很有限，所以他从不可能纵情于自己的爱好。他想首先造访小亚细亚的一些重要的边远地区，还有伊拉克尚存的巴比伦地下村庄，他很想去看塔克基思拉宫和孟菲斯的人面狮身像以及上百个其他的古迹和遗址，但无论是时间还是金钱都不允许。即便如此，他客厅里的长咖啡桌上还是摆满了小物件和碎片，是他在生活中设法从各处廉价收集到的。其中有一个神秘的古埃及时期的暗白色木乃伊小雕像，他知道它的年代是公元前七百年左右的埃及前王朝。还有一个上面雕有一匹马的吕底亚青铜碗、一条扭曲的早期拜占庭风格的银项链、一个埃及石棺里的木制彩绘面具、一只罗马红土陶碗、一只黑色的伊特鲁里亚小盘子，还有差不多五十件其他的易碎和有趣的小物件。没有一件是特别有价值的，但罗伯特·桑迪对每一件都视若珍宝。

"那不是很美妙？"他妻子说，"我们应该先去哪里？"

"土耳其。"他说。

"听我说，"她说，一边指着放在餐桌上闪耀着光亮的钻石，"你最好赶在你的财宝丢失前把它放到安全的地方。"

"今天是星期五，"他说，"我们什么时候从伦肖家回来？"

"星期日晚上。"

"这期间，我们打算怎样安置这颗值百万英镑的石头？带着它，放在我的口袋里。"

"不，"她说，"那是愚蠢之举。这整个周末，你真的不能兜里放着百万英镑四处闲逛。把它放到银行的保险箱里，我们现在就该这样做。"

"已是星期五晚上了，亲爱的。所有的银行要到星期一才开门。"

"确实如此，"她说，"那么，我们最好把它藏在家里什么地方。"

"在我们回来前，家里空空无人，"他说，"我不认为那是一个很好的主意。"

"那总胜过放在你的口袋里或我的手提包里，带着它到处转。"

"我不会把它留在家里，一座空屋子总是容易被破门盗窃的。"

"快想想，亲爱的，"她说，"我们肯定能想出一个谁也不可能找到的地方。"

"茶壶里。"他说。

"或者把它埋在糖缸里。"她说。

"或者放在烟斗架上的一支烟斗里，"他说，"用一些烟丝盖在上面。"

"或者杜鹃花盆的泥土底下。"她说。

"嘿，挺好的，贝蒂。这是目前为止最好的办法。"

他们坐在餐桌旁，闪闪发光的钻石就搁在他们中间，他们在非常认真地盘算着，在接下来离开的两天里该拿它怎么办。

"我还是觉得最好是由我带着。"他说。

"我不同意，罗伯特。你会每五分钟就摸一下口袋，确定它是不是还在那里。你不会有一刻宽心的！"

"我想你是对的，"他说，"很好，那么我们该把它埋在客厅里杜鹃花盆的泥土里？没有人会去那里看。"

"也不是百分之百的安全，"她说，"有人可能会把花盆打翻，泥巴会撒落到地板上，很快，就会发现闪亮的钻石躺在那里。"

"这是千分之一的概率，"他说，"不管怎样说，屋子被破门而入的可能微乎其微。"

"不，不是这样，"她说，"屋子被撬失窃的事每天都在发生，不值得冒这个险。但是你知道，亲爱的，我不想让这东西成为你的一个麻烦，或一件忧心事。"

"我同意你说的。"他说。

他们默默无言地喝了一会儿酒。

"我想出来了！"她喊着从椅子上蹦起来，"我想到一个非常好的地方！"

"哪里？"

"这里，"她喊着，拿起那个制冰盘，指着它的一个空格，"我们只需把它丢在这里，在里面倒满水，然后放回冰箱。大约一两个小时它就隐藏在坚硬的冰块里了。即使你盯着看，也不能看到它。"

罗伯特·桑迪注视着制冰盘。"太妙了！"他说，"你是个天才！让我们马上就做！"

"真的要这么做吗？"

"当然，这是一个极棒的主意。"

她拿起钻石放到一个小空格里，然后向水斗走去，小心翼翼地把整个盘子灌满了水。她打开冰箱冷冻室的门，把制冰盘滑进去。"在左边的顶层冰盘里，"她说，"我们最好记住这点，它就在这个冰盘右边最里面的一块冰里。"

"左边顶层冰盘，"他说，"知道了。现在我感觉好多了，因为它万无一失。"

"亲爱的，把你的酒喝完，"她说，"接下来我们必须走了。我已经收拾好你的箱子。在回来之前，尽量别再去想我们的百万英镑。"

"我们要和别人谈到这件事吗？"他问她，"比如伦肖一家或者其他可能在那里的人？"

"我不会提起，"她说，"这样一个惊人的故事会立刻传遍那个地方，接下来的事情你知道，会上报纸的。"

"我想沙特的国王不会喜欢这样。"他说。

"我也不喜欢。那么到时候我们什么也别说。"

"我赞同，"他说，"我讨厌任何形式的宣传。"

"你将能为自己买辆新车。"她说着笑了起来。

"我会买，我也要买一辆给你，你喜欢哪种车，亲爱的？"

"我会考虑的。"她说。

没过多久，两人就驾车去伦肖家度周末。它不远，就在惠特尼那边，离他们自己家三十分钟左右的车程。查理·伦肖是这家医院的一名顾问医师，两家相识和往来已有多年。

周末是快乐和平静无事的，到了星期天晚上，罗伯特和贝蒂·桑迪再开车回家，大约下午七时到达了他们阿卡恰路的家。罗伯特从车子里拿出两只小手提箱，他们一同沿着小路走。他打开前门，抵住它让他妻子进去。

"我来炒一些鸡蛋，"她说，"还有煎熏肉。亲爱的，你想先喝一杯吗？"

"为什么不呢？"他说。

他关上门，正在准备把手提箱拿到楼上去的时候，听到从客厅里传来一声刺耳的尖叫声。"啊，不好！"她在大声叫喊着，"不！不！不！"

罗伯特扔下手提箱，跟在她后面冲进去。她站在那里，双手贴着脸颊，泪水已经流到了她的脸上。

客厅里完全是一片废墟的场景。窗帘是拉上的，它们似乎是房间里唯一留在原处的东西，其他每一件东西都被敲成了碎片。罗伯特放在咖啡桌上的所有珍贵小物品全都被拿起，被摔在墙上，成为碎片散落在地毯上。一个玻璃橱被掀翻了，一个衣柜的四只抽屉被抽出来，里面的东西，包括相册、拼字游戏、大富翁游戏、一副国际象棋的棋盘和棋子以及很多其他家庭用品，被丢在房间里到处都是。靠着远处那堵墙的落地式大书架，那里面的每本书都被抽出来了，此时堆得到处都是，残缺不全地翻开躺着。四幅水彩画的玻璃被敲碎了，那幅他三个孩子小时候画的油画被刀子划了很多下。扶手椅和沙发也被割破，里面的材料暴露出来。除了窗帘和地毯，房间里的所有东西几乎都被毁了。

"哦，罗伯特。"她说着倒在他的怀里，"我想我实在受不了了。"

他没有说话，他感到浑身难受。

"待在这里，"他说，"我上楼去看看。"他跑出去，一步两个台阶地跨着，首先冲进他们的卧室。这里同样是一团糟，抽屉被拉出来了，衬衫、宽松女装、内衣散得到处都是。双人床的床单和被子被扯下来；甚至连床垫也被掀下了床，还被刀子划破好几处。小壁橱的门开着，所有的女装、西装、裤子、夹克、裙子都被扯下衣架。他没看其他卧室，跑下了楼，用一只手臂搂着他妻子的肩膀，从客厅满地的物件残骸中择路向厨房走去。他们在那里停住。

厨房里的混乱是难以言喻的。整个厨房里各式各样的容器，几乎每一件都被倒空了扔在地板上，然后被捣成碎片。这地方成了破罐、破瓶子和各种食品的废墟。所有贝蒂自制的果酱、酸菜和瓶装水果都被从长搁板上扫下来，摔碎了散落在地上。贮藏橱里的东西同样是惨不忍睹，包括蛋黄酱、番茄酱、醋、橄榄油、菜油和所有的其他东西。靠着远处的墙壁有另外两块长搁板，在那里竖立着二十来个可爱的、有磨砂玻璃塞子的大玻璃罐，里面放着米、面粉、红糖、麸皮、燕麦片和其他各式物品。现在所有的罐子都成了一摊摊碎片躺在地上，里面的东西洒得到处都是。冰箱的门是打开的，里面的东西，吃剩的食物、牛奶、鸡蛋、黄油、酸奶、番茄、生菜，全被拖出来洒在厨房漂亮的瓷砖地面上。冰箱的内层抽屉被扔进一堆烂泥中，而且被踩坏了。塑料制冰盘全都被抽了出来，差不多每一个都断成两片，扔在冰箱旁边。甚至有塑料敷层的架子也被扯出了冰箱，对折起来和其他东西扔在一起。所有的酒瓶：威士忌、杜松子酒、伏特加、雪利酒、味美思酒和六罐啤酒，都被直立在桌子上，里面空空如也。酒瓶和啤酒罐差不多是这整座屋子里唯一没被捣碎的东西。实际上，所有的地面都被厚厚一层浓粥一样的东西和黏性物所覆盖。这一切简直像是一伙疯孩子的宣言，要大家来看看他们能够制造多大的混乱，取得多么辉煌的战果！

罗伯特和贝蒂·桑迪站在这一派乱象旁边，惊骇得说不出话。

最后罗伯特说："我猜想我们的可爱钻石就在这下面的什么地方。"

"我才不管我们的钻石呢，"贝蒂说，"我恨不得杀了干这些事的人。"

"我也是，"罗伯特说，"我必须打电话报警。"他走回客厅拿起电话。真是奇迹，线路竟然还通着。

第一辆警车在几分钟内到达。在接下来的半个小时里，相继来了一名督察、几个穿便衣的人、一个指纹专家和一个摄影师。

那名督察有一副黑色的小胡子，是个肌肉发达的矮个子。"这些人不是职业扒手，"他在对各处做了检查后告诉罗伯特·桑迪，"甚至连业余盗贼都称不上。他们只是混迹于街头的小流氓，是些乌合之众、游手好闲的坏蛋，也许有三个人。像这种人会到处乱转，寻找一座空屋子，找到后就破门而入，他们首先做的事就是寻找杯中物。你家里有很多酒类吧？"

"是些很平常的酒。"罗伯特说，"威士忌、杜松子酒、伏特加、雪利酒和几罐啤酒。"

"他们喝了很多，"督察说，"这些家伙脑子里只有两件事，喝酒和破坏。他们把所有的酒收集到桌上，坐下来狂饮，然后他们继续胡闹。"

"你是说他们不是来这里偷东西的？"罗伯特问。

"我真的怀疑他们偷了什么东西，"督察说，"如果他们是窃贼，他们至少会拿走你的电视机，而不是砸碎它。"

"但他们为什么这样做？"

"你最好去问他们的父母。"督察说，"他们是人渣，除了人渣什么也不是，就是些渣滓。如今，人们不再受到正面教育。"

然后，罗伯特告诉督察有关钻石的事情。他讲述了从头到尾的所有细节，因为他意识到，从警方的角度看，这可能是整个事件中最重要的部分。

"五十万英镑！"督察喊着，"老天！"

"也许是它的两倍。"罗伯特说。

"那么，这是我们首先要找的。"督察说。

"就我来说，我不打算趴在地上在那堆烂泥里乱扒。"罗伯特说，"我这一刻还不想做。"

"把它留给我们做吧，"督察说，"我们会找到它，那可是藏它的一个绝妙的地方。"

"是我妻子想到的。但告诉我，警官，如果出于某种偶然的机会，他们发现了它……"

"不可能，"督察说，"他们怎么可能？"

"在冰融化之后，他们可能会看见它躺在地板上。"罗伯特说，"我同意说这不太可能。但如果他们认出了它，会把它拿走吗？"

"我觉得他们一定会的，"督察说，"没有人能够抗拒一枚钻石。它太吸引人了。是的，如果他们中有个人看见它在地上，我想他会把它塞进口袋。但是别担心，医生，它会冒出来的。"

"我不担心这个，"罗伯特说，"此刻，我担心我的妻子，担心我们的屋子。我的妻子花了好多年，尽力把这地方弄成了一个舒适的家。"

"现在看来，先生，"督察说，"今天夜里你要做的，就是带你妻子去一家旅馆休息一下。你们两个明天回来后，我们将开始整理东西。会有人一直在这里照看这所屋子。"

"早上我的第一件事是去医院做手术，"罗伯特说，"但我想我妻子会尽量陪着我去。"

"很好，"督察说，"你的屋子被搞得如此乱七八糟，真是件让人寒心的事情。是个巨大的打击，这我见得多了，但它对你确实够残酷的。"

罗伯特和贝蒂·桑迪夜里下榻在牛津伦道夫旅馆，第二天早晨八点钟，罗伯特来到医院手术室，开始按照他的日程表工作。

中午过后不久，罗伯特结束了他最后一例手术，对一个老年男子的良性前列腺肿瘤做了简单的手术。他脱下橡皮手套和口罩，走进隔壁外科医生的小休息室去喝一杯咖啡，但在喝咖啡之前，他拿起电话打给他妻子。

"你好吗，亲爱的？"

"噢，罗伯特，这太可怕了，"她说，"我都不知道从何做起。"

"你打电话给保险公司了吗？"

"打了，他们随时会来帮我做一份清单。"

"很好，"他说，"警察找到了我们的钻石吗？"

"恐怕没有，"她说，"他们已经把厨房里的烂泥彻彻底底扒过了，他们发誓里面没有。"

"那么，它能在哪里呢？你觉得会是那些破坏他人财物的暴徒发现了它？"

"我想肯定是他们发现了，"她说，"当他们折断那些冰盘时，所有的冰块都会落下来。你只要掰弯一下冰盘，它们就掉出来了。它们肯定是这样的。"

"在冰里他们还不会认出它来。"罗伯特说。

"冰融化后他们就会看出来，"她说，"那些人一定在屋里待了好几个小时，这大把时间足够它融化的。"

"我想你说的对。"

"它落在地上，保管在一英里之外都会被看到的，"她说，"它是那样闪闪发光。"

"唉，亲爱的。"罗伯特说。

"不管怎样，亲爱的，如果我们无法找它回来，我们也不会损失太多，"她说，"我们只不过拥有它几个小时而已。"

"我赞同，"他说，"这些破坏者是谁，警方有什么蛛丝马迹吗？"

"没有线索，"她说，"他们发现了很多指纹，但似乎不是有案底的罪犯留下的。"

"他们不会有案底，"他说，"即使他们是街头小流氓，也不会。"

"警官也是这样说的。"

"瞧，亲爱的，"他说，"我刚在这里做完上午的工作，我打算喝点咖啡，然后回家帮你一把。"

"太好了，"她说，"我需要你，罗伯特。我非常需要你。"

"只是给我五分钟休息一下，"他说，"我觉得有些筋疲力尽。"

在相距不到十码的二号手术室里，另一个名叫布赖恩·戈夫的资深外科医生也差不多快完成了他上午的工作。这是他的最后一个病人，一个年轻男子，被一块骨头嵌在小肠的某个地方。戈夫的助手是一个相当讨人喜欢的年轻专科住院医生，他的姓名是威廉·哈多克，他们一起打开了病人的腹腔，戈夫正拿出他的一段小肠用手指沿着它一路摸下去。这是常规的例行做法，因此房间里开始了很多谈话。

"我告诉过你那个膀胱里有许多小活鱼的人吗？"威廉·哈多克说着。

"好像你没有说过。"戈夫说。

"那时我们还是巴兹医学院的学生，"威廉·哈多克说，"给我们上课的是一个特别讨厌的泌尿学教授。一天，这个白痴要想展示怎样用内窥镜检查膀胱。病人是个被怀疑有结石的老年男子。听好了，在一家医院的候诊室里有一个水族箱，里面养的全是丁点儿大的小鱼，他们称那种鱼为霓虹灯，颜色非常绚烂亮丽，一个学生用针筒抽吸了二十来条小鱼，在病人被送进手术室做内窥镜检查之前，成功地把鱼注射到了病人的膀胱里，那时病人处于术前用药状态。"

"简直令人恶心！"手术室的护士大声说，"你可以就此打住了，哈多克先生！"

布赖恩·戈夫在他的口罩后面露出笑容，他说："接下来怎样了？"他说的时候，已经把病人三英尺左右长的小肠放到绿色的无菌床单上，他还在用手指沿着它摸。

"当那个教授把内窥镜放进病人膀胱，把眼睛贴上去看的时候，"威廉·哈多克说，"他开始乱蹦乱跳起来，激动地叫喊着。"

"'是什么，先生？'那个恶作剧的学生问他，'你看见了什么？'"

"'是鱼！'教授喊着，'有上百条小鱼！它们在游来游去！'"

"你就编造好了，"手术室护士说，"这不是真的。"

"这当然千真万确，"专科住院医生说，"我自己也从膀胱镜往下看，看到了鱼。它们真的在游动。"

"我们可能已经料想到了会从一个名叫哈多克的人那里听到一个鱼的故事。"戈夫说。"我们再看这里，"他又说，"这就是这可怜家伙的麻烦所在，你想摸摸吗？"

威廉·哈多克用手指夹起那段灰白色的肠子，用力按了一下。"是的，"他说，"摸到了。"

"如果你看看这里，"戈夫指导他说，"你能看到那块骨头刺穿了黏膜，已经发炎了。"

布赖恩·戈夫在他的左手掌上托起这段肠子，护士传给他一把外科手术刀，他割开一个小口。护士给了他一把钳子，戈夫在肠子里的所有污物中探查，直到他找到那个讨厌的东西。他用钳子牢牢夹住它取了出来，丢进护士拿着的那只不锈钢小碗里。那东西上面覆盖着一层淡棕色的黏性物质。

"就这样，"戈夫说，"威廉，你现在可以帮我收尾了。我本该十五分钟前去楼下开会。"

"你去吧，"威廉·哈多克说，"我会把它缝好。"

资深外科医生匆匆走出了手术室，专科住院医生做接下来的伤口缝合工作。首先缝合肠子上的刀口，然后缝合腹腔本身。整个过程只花了几分钟。

"我做完了。"他对麻醉师说。

那个人点点头，从病人的脸上拿开面罩。

"护士，谢谢。"威廉·哈多克说，"明天见。"他离开时从护士的托盘里拿起只不锈钢碗，里面放着那个被黏性物覆盖的东西。"十有八九是块鸡骨头。"他边说边拿着它走向水斗，开始在水龙头下面冲洗它。

"啊呀，天呐，这是什么？"他叫了起来，"护士，你快来看！"

护士走过去看。"是一枚人造宝石，"她说，"也许是一条项链上的。他究竟是怎样吞下它的？"

"如果它的一头不是这么尖的话，他能把它排出来的。"威廉·哈多克说，"我想我可以把它送给我的女朋友。"

"你不能那样做，哈多克先生，"护士说，"这是属于病人的。等一下，让我再看看。"她从威廉·哈多克戴着手套的手中接过石

134

头，把它拿到悬在手术台上的强烈灯光中。病人现在已被搬离手术台，被推到隔壁的恢复室，由麻醉师陪着。

"哈多克先生，你过来，"护士说，她的声音里透着一丝激动。威廉·哈多克走进灯光，和她站到一起。"太神奇了，"她继续说着，"你看它闪闪发光的样子，一块玻璃是不会这样的。"

"也许是水晶！"威廉·哈多克说，"或者黄玉，一种次级宝石。"

"你知道我想到了什么，"护士说，"我认为它是枚钻石。"

"别犯傻了。"威廉·哈多克说。

一个低等级的护士推着仪表车离开，一个男性手术室助理员来帮忙清理。他们谁都没有注意这个年轻的外科医生和那个护士。护士大概二十八岁，这时她已脱下口罩，露出她的面容，是个非常有魅力的年轻女士。

"要测试很简单，"威廉·哈多克说，"看它能不能划玻璃。"

他们一起走到手术室的毛玻璃窗前。护士用食指和拇指捏着那块石头，把它的尖端抵在玻璃上向下拉动，当那尖头在玻璃中咬噬时，发出嘎吱嘎吱的猛烈擦刮声，并且留下一条两英寸长的深痕。

"天呐！"威廉·哈多克说，"是一枚钻石！"

"如果是，它属于那个病人。"护士斩钉截铁地说。

"也许吧，"威廉·哈多克说，"但他非常高兴除掉了它。等一下，那是不是他的病况记录？"他急忙走到靠墙的桌子边，拿起一个文件夹，上面写着"约翰·迪格斯"。他打开文件夹，里面有一个病人肠子的 X 光片子，附有放射科医生的报告。"约翰·迪格斯，"报告说，"年龄十七岁，住于牛津市梅菲尔德路一百二十三号。在小肠的上部有某种明显的大块阻碍物。病人没有吞咽过任何异物的记忆，但他自述星期天晚上吃了一些炸鸡。肠内物体有明显的尖端，已刺破肠子黏膜，可能是一块骨头……"

"他怎么可能没有咬就咽下这样一块东西？"威廉·哈多克说。

"这不合常理。"护士说。

"根据它切割玻璃的功能，毫无疑问，这是一枚钻石。"威廉·哈多克说，"你赞同吗？"

"绝对赞同。"护士说。

"而且还是非常大的一颗，"哈多克说，"问题是，这枚钻石有多好？它值多少钱？"

"我们最好立刻把它送到实验室去。"护士说。

"让实验室见鬼去吧，"哈多克说，"我们来找点乐子，自己做吧。"

"怎么做？"

"我们把它拿到戈尔德的店里去，那家开在高街的珠宝店，他们懂货。这该死的东西肯定值一大笔钱，我们不想偷它，但我们非常想摸清它的底细，你要不要赌一赌？"

"你在戈尔德珠宝店认识什么人吗？"护士问。

"不认识，但那不是问题。你有车吗？"

"我那辆宝马迷你在停车场里。"

"好，换一换衣服。我会在那里和你碰头，不管怎样，这是你的午餐时间。我会带上石头。"

二十分钟之后，在十二点三刻的时候，那辆宝马小迷你停在 H.F.戈尔德珠宝店外面，就泊在双黄线[1]上。"谁会在意，"威廉·哈多克说，"我们不会等太久的。"他和护士一起走进店去。

---

1 英国路边表示禁止停车的标记。

店里有两个顾客，一个年轻男子和一个女孩。他们在察看一只托盘里的戒指，由一位女助理接待。他们一进门女助理就按响柜台下的铃，哈里·戈尔德从后面的门里露面。"怎么了，"他对威廉·哈多克和护士说，"有什么能帮你们？"

"你能告诉我们这个值多少钱吗？"威廉·哈多克说着把石头放在摊在柜台上的一块绿布上。

哈里·戈尔德站着不动，他盯着石头，然后抬头看着站在他前面的这对年轻男女。他的脑子在飞快地打转，沉着！他对自己说，别做任何傻事。动作保持自然。

"好的，好的。"他说，尽可能显得很随意，"在我看来它像是一枚很不错的钻石，真的是一枚好钻石。你们介不介意等上一会儿，让我去办公室称一下它的重量，仔细做个检查？然后也许能给你们一个精确的估价。你们两位请坐。"

哈里·戈尔德手中拿着钻石匆匆走回他的办公室，立刻把它放到电子天平上称重量，十五点二七克拉，和罗伯特先生的钻石重量完全一样！他在察看时就断定是同一枚，谁可能把这样一枚钻石搞错？现在它的重量就已证明。他的直觉是立刻报警，但他是一个谨慎小心的人，他不喜欢犯错误。也许那个医生已经卖掉了他的钻石，也许把它给了他的孩子，谁知道呢？

他迅速拿起牛津城的电话簿，拉德克利夫医院的号码是249891。他拨了号，要罗伯特·桑迪听电话。他和罗伯特的秘书通话，告诉她此刻有很紧急的事情要和罗伯特·桑迪先生联系。秘书说："请等一下。"她打电话到手术室，他们告诉她桑迪先生半小时前就回家了。她拿起外线电话，向戈尔德先生转达了这个信息。

"他家里的电话号码是多少？"戈尔德先生问她。

"是和病人有关吗？"

"不！"哈里·戈尔德喊着，"这有关一起盗窃！看在上天的分上，女士，快把电话号码给我！"

"请告诉我，你是谁？"

"哈里·戈尔德！我是高街的珠宝商！别浪费时间，我求你了！"

她给了他号码。

哈里·戈尔德又拨号码。

"桑迪先生吗？"

"是的。"

"我是哈里·戈尔德，桑迪先生，就是那个珠宝商。你是不是可能把你的钻石弄丢了？"

"是的，我丢了。"

"有两个人刚刚带着它到我店里，"哈里·戈尔德激动地压低声音说，"一个男人和一个女人，颇为年轻。他们想知道价值，他们现在正在外面等着呢。"

"你肯定这是我的钻石？"

"绝对错不了，我称过它。"

"别让他们走，戈尔德先生！"罗伯特·桑迪大声喊，"和他们聊！让他们满意！做什么都行！我这就报警！"

罗伯特·桑迪打电话到警察局，在几秒钟之内，他把消息告诉了负责这件案子的督察。"快去那里，你会抓住他们两个的！"他说，"我也马上赶来！"

"快，亲爱的！"他对妻子喊道，"快上车，我想他们找到了我们的钻石，盗贼此刻就在哈里·戈尔德的店里，想要卖了它！"

九分钟后，当罗伯特和贝蒂·桑迪驱车来到哈里·戈尔德的珠宝店时，有两辆警车已经停在外面。"快点，亲爱的。"罗伯特说，"让我们进去看看发生了什么。"

当罗伯特和贝蒂·桑迪冲进去时，商店里一片喧闹。两个警察、两个便衣警探，其中一个正是督察，正围绕着狂怒中的威廉·哈多克和甚至更为狂怒的手术室护士。年轻的外科医生和手术室护士被戴上了手铐。

"你们是在哪里找到它的？"督察说。

"把这该死的手铐给我拿走！"护士喊着，"你们怎么敢这样做！"

"可你们还是得告诉我们，是在哪里找到它的。"督察挖苦地说。

"在一个人的肚子里！"威廉·哈多克对着他大声喊叫，"我已经告诉你两遍了！"

"别跟我瞎扯！"督察说。

"威廉，我的天呐！"当罗伯特·桑迪走进去看见是谁时惊叫起来，"还有怀曼护士！你们两个到底在这里做什么？"

"他们拿了钻石，"督察说，"他们想把它卖掉。桑迪先生，你认识这两个人？"

威廉·哈多克没费多少时间就向罗伯特·桑迪——也同样向督察——解释清楚了钻石是在哪里和怎样被发现的。

"快拿掉他们的手铐，看在老天的分上，警官！"罗伯特·桑迪说，"他们说的是真的，那个你们想抓的人，至少是其中的一个，此刻就在医院里，正由他的麻醉师陪着。你说是吗，威廉？"

"正是，"威廉·哈克多说，"他的姓名是约翰·迪格斯，他将住进外科病房。"

哈里·戈尔德走上前来。"桑迪先生，这是你的钻石。"他说。

"现在听好了，"手术室护士说，她依然愤愤不平，"看在上天的分上，有谁能告诉我，那个病人怎么会不知不觉咽下这样一枚钻石？"

"我想我能猜到，"罗伯特·桑迪说，"他拼命把冰块加到他的酒里，大口猛喝，然后他吞下一块融化了一半的冰块。"

"我还是不明白。"护士说。

"稍后我会把其余的事告诉你，"罗伯特·桑迪说，"其实，我们何不去拐角处也喝上一杯呢。"

公主曼梅利亚

在十七岁生日那天早上，公主曼梅利亚从床上起来，当她对着镜子审视自己的面容时，简直不敢相信眼中所见。在此之前，她一直是一个相貌平平、身材矮胖、脖子粗粗的女孩，但现在她突然发现自己注视着的是一个以前从没见到过的年轻女士。一夜之间，一场神奇的变化发生了，矮胖的小公主变成了一个耀眼的美人。我用"耀眼"这个词是基于它最纯粹、最字面上的意义，因为她的脸上流光溢彩，如此光彩照人，如此星光灿烂，如此美艳炫目，以至于一小时后当她下楼去打开礼物时，那些近距离注视她的人不得不眯起眼睛，害怕那灿烂的光辉可能会刺伤他们的视网膜。甚至连皇家天文学家也在轻声嘟囔着，说也许像观察日食那样，通过烟色玻璃来看这位女士会更安全些。

公主曼梅利亚自从学会走路以来，因为她那谦和、温柔的性格，在皇宫周围倍受宠爱，但她很快就发现，一个令人瞩目的美人要保持谦和、温柔，远比一个相貌平平的女孩要难。她发现她拥有的这种非凡的美貌赋予了她巨大的权力。在她新容貌的灿烂光辉中，男人们变得如此唯唯诺诺，以听命于她为荣。当她一出现，所有的人—— 哈里发和王侯、大维齐尔和将军、大臣和大法官、赶骆驼人和收租金者——都融化成了泡沫。他们讨好奉承、虚情假意；他们胡言乱语、垂涎欲滴；他们低声下气、溜须拍马。她只要举举她的小手指，他们就会满屋子乱蹦急走，使出浑身解数来取悦她。他们送她昂贵的珠宝和金手镯，建议在凉爽的地方举行奢华的宴会。一旦他们有人在某个角落遇见她独自一人，就开始在她耳边轻声说一些污言秽语。连伺候她的下人也不甘落后，仆人们都是像朝臣一样的男人，在走廊里发生几次难堪的事情之后，国王被迫违背自己的意愿——因为他是一个善良的国君——下令立刻阉割宫廷里的所有男性仆人。只有王室的大厨得以幸免，他辩解说这会毁了他的厨艺。

最初，由于可爱的天真，公主只是默默地坐享她新发现的权力，但是这种情况不可能继续下去。没有人，更别说一个十七岁的少女，能长久地保持自然真挚。这是实实在在的权力，一个如此年轻的人有这样的权力，简直闻所未闻。公主很快就发现权力本身就是一个苛刻的监工，你不可能拥有它而不使用它，它必须不断地被使用。因此，公主开始有意识地行使她对男人的权力，首先在小的方面，然后在更大的方面。一切易如反掌，就像操纵木偶一般。

这时候，公主还有了第二个发现，那就是：如果一个女人的权力大到男人会无条件地顺从她，她就会轻视这些男人。不到一个月，公主发现她对这些男性物种的唯一感觉就是轻蔑和傲慢。她开始采用各种古怪离奇的手段来羞辱她的爱慕者。例如，她到城里去徒步旅行，向街上的普通男性展示自己，由被阉割的忠诚卫士们围护着，她以消遣的心情，看着那些男性市民怀着疯狂的渴望，为了一睹她的风采，争先恐后地扑向卫兵的长矛，成百上千的人因此被刺伤。

深夜，在上床之前，她会到阳台上散步消遣，向好色的民众展现自己，那些登徒子经常成百上千地聚集在楼下的院子里，希望一睹她的芳容。为什么不呢？在月光下，她看上去比以往任何时候都更加光彩夺目和摄人魂魄。实际上，她比月亮更耀眼，她一出现，那些民众就情绪失控，大声呼喊着，撕扯自己的头发，让自己撞在宫殿高低不平的墙上而碎裂了骨头。偶尔，公主会往他们头上浇一两小罐滚烫的铅，让他们冷静下来。

所有这些已经够糟糕的了，但是还有更糟的。众所周知，权力有其微妙的方面，是个贪婪的伙伴。你拥有的越多，你想要的也就越多，没有什么东西能填满欲望。在接下来的几个月里，公主对权力的渴望日益增长，直到最后她发现自己开始儿戏般地琢磨着一件事，要想获得这片土地的最高权力——王位。

她是七个孩子中最大的一个，七个全都是女孩，她的母亲已经亡故。因此，她早就是她父亲王位的合法继承人。但那有什么用呢？她的父亲——国王，不久前还是她眼中的偶像，现在却使她心烦意乱。他是一个和蔼且仁慈的统治者，深受民众爱戴，而且正因为他是她父亲，他也是王国里唯一一个不会在她面前弯腰屈膝的男人。更糟的是，他非常健康。

权力的腐化作用是可怕的，事实上，现在年轻的公主开始了摧毁她父亲的阴谋。但是说远比做容易，要自己动手干掉一个了不起的统治者而不被抓住，是件极其困难的事情。毒药是一个可能的选项，但下毒者的下场几乎总是束手就擒。她用了很多日日夜夜来思考这个问题，但想不出万全之策。后来，在一个晚餐后的夜里，她一如往常，迈步走到她的阳台上，想通过耍弄那群好色的疯狂民众来让自己乐上一会儿。但是你瞧，今天夜里没有人群，相反，只有一个老乞丐独自站在院子里，仰起头看着她。他身穿肮脏的破衣，双脚赤裸。他还留着长长的白胡子，雪白的长发一直披到肩上，身体重重地靠在一根拐棍上。

"走开，你这个恶心的老头。"她喊了起来。

"嘘，嘘！"那个老乞丐轻声说，缓缓向前移步，"我是来这里帮助你的，我看见了一个幻象，你有大麻烦了。"

"我一点麻烦也没有，"公主回答，"你滚吧，除非你乐意让一罐滚烫的铅水浇在脑袋瓜上。"

那个老人不理会她的话。"世上只有一个办法，"他低声说，"能杀死一个敌人而不被逮住，你愿意听一听吗？"

"当然不，"公主厉声说，"我为什么要听？好吧，那是什么？"

"你拿一只牡蛎，"老人轻声说，"埋在盆栽植物的土里，二十四小时后把它挖出来，挤出一小滴它的液体，注意，只需一小滴，加在第二天你用来招待受害者的每一只牡蛎上。"

"这能解决他吗？"公主问道，她无法掩饰自己的兴趣。

"必死无疑，"老人低语着，"吃了这些牡蛎的人会浑身爆满疙瘩，在经受一场可怕的发作后很快死去。事情过后，全世界的人只会摇着头嘟囔：'可怜的家伙，他吃了一个很坏的牡蛎。'"

"你是谁，老头，你是从哪里来的？"公主问，把身子探出阳台。

"我是站在公正的一边。"老人轻声说道，然后就消失在阴影里。

公主把这个信息深藏在她的脑中，耐心地等待时机。在她过十八岁生日的前几天，国王对她说："你想在生日晚宴上吃些什么，亲爱的？依然是你往常最喜欢的烤野猪？"

"是的，父王。"她回答，"但让我们先吃一些牡蛎。"

"多么好的主意，"国王回答，"我立刻派人到海边去取。"

公主生日那天，大餐厅里的桌子被布置得豪华气派，筵席的一切都准备妥当，一打上好的牡蛎被分放在每个位置上。但在客人们进来入座之前，国王一个人先来到餐厅，这是他对待特殊场合的习惯，以确保一切都符合他的心意。他叫来了仆役长，两人慢慢绕着桌子走着。

"为什么？"国王问，边说边指着自己的盘子，"你给了我最大和最上等的牡蛎？"

"陛下总是接受最好的东西，"仆役长回答，他说话的声音很响，"我做错了吗？"

"今天，公主曼梅利亚必须吃最好的。"国王说，"她是生日的主角。所以请把我的盘子给她，把她的盘子给我。"

"遵命，陛下。"仆役长回答，他赶紧把盘子对换了。

生日宴会大获成功，牡蛎也特别好吃。"你爱吃它们吗？父王？"公主曼梅利亚一直这样问她父亲，"它们的汁不多吧？"

"我的很可口，"国王说，"你的怎么样？"

"非常好，"她回答，"它们太棒了。"

那天夜里公主曼梅利亚病得很凶，尽管有皇家医生的服侍，但她还是在一场可怕的发作中死了，她美丽的身体上爆满了疙瘩。

第二天早上，国王从他的密室里拿出长长的白色假胡子、长长的白色假发，还有肮脏的破衣服和旧拐棍。"你可以把这些都烧了，"他对他的贴身男仆说，"宫廷服丧期间，我们不能举行化装舞会了。"

全书完

初收于《两个寓言》1986

上校的大衣

产品经理｜阿　么　　　装帧设计｜肖　雯
技术编辑｜顾逸飞　　　营销经理｜王维思
执行印制｜刘　淼　　　　　　　　魏　洋
产品监制｜李佳婕　　　策 划 人｜许文婷

TRICKERY

Copyright © The Roald Dahl Story Company Limited, 1944, 1953, 1959, 1965, 1977, 1986, 1988

版权合同登记号：图字：11-2021-152

图书在版编目（CIP）数据

上校的大衣 ／（英）罗尔德·达尔著；程应铸译
. 一杭州：浙江文艺出版社，2021. 12（2022. 1重印）
ISBN 978-7-5339-6608-9

Ⅰ. ①上… Ⅱ. ①罗… ②程… Ⅲ. ①小说集－英国
－现代 Ⅳ. ①I561. 45

中国版本图书馆CIP数据核字(2021)第174909号

责任编辑 於国娟
装帧设计 肖　雯

上校的大衣
［英］ 罗尔德·达尔 著　程应铸 译

出版　浙江文艺出版社
地址　杭州市体育场路347号　邮编 310006
经销　浙江省新华书店集团有限公司
印刷　北京盛通印刷股份有限公司
开本　880mm×1230mm　1/32
字数　115千字
印张　4. 75
印数　11, 501－17, 300
版次　2021年12月第1版
印次　2022年1月第3次印刷
书号　ISBN 978-7-5339-6608-9
定价　38. 00元